음 악 의

언 어

송은혜

한국과 미국, 프랑스에서 오르간, 하프시코드, 음악학,
　　피아노, 반주를 공부했고 지금은 프랑스 렌느 음악대학과
　　렌느 시립음악원에서 학생들을 가르친다.
《채널 예스》에 '일요일의 음악실' 칼럼을 격주로 연재하고
　　있다.
트위터에서 동네 음악선생(@enie_latente)으로 활동하며
　　음악과 이방인의 삶에 관해 사람들과 소통한다.

음악의 언어

○

시간에서 흐르는 음표를 건져올리는 흐름표 음악법

송은혜

시간의흐름。

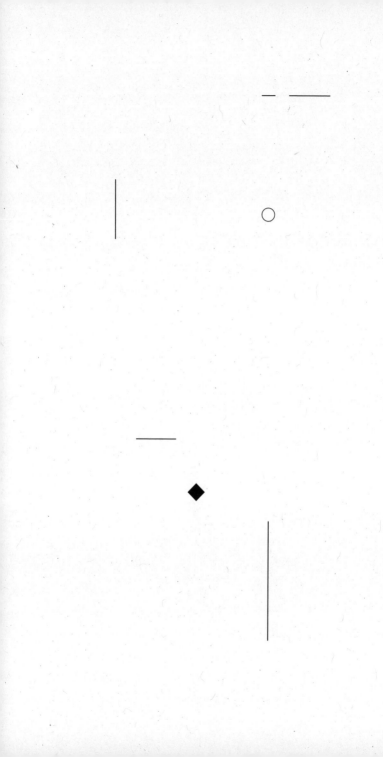

차례

Prelude   서른세 개의 일상 변주곡   11

── I   악흥의 한때 ──────────────────

Var. 1   유리알 슈베르트, 나의 마들렌   17

Var. 2   습관처럼 좌절, 연습   23

Var. 3   노래하는 횡격막   29

Var. 4   깊은 밤을 향하는 오르페우스처럼   35

Var. 5   무대 위의 투명 풍선   41

Var. 6   첼로를 감싸는 화려한 스카프   47

Var. 7   그대는 나의 안식   53

── II   연주자의 해석 노트 ──────────────

Var. 8   길을 잃다   61

Var. 9   음과 음 사이, 마음이 피어나는 곳   65

Var. 10 초견   71

Var. 11 삶을 듣는 순간   77

Var. 12 앙상블, 타인은 음악이다   83

Var. 13 우리는 음악으로 무엇을 듣는가   91

Var. 14 은유, 여행의 시작   97

—— III   흐르는 시간에서 음표를 건져 올리는 법 ————

Var. 15   메트로놈과 시간의 윤곽선   107

Var. 16   600년의 춤, 폴리아   115

Var. 17   반복의 아름다움, 베토벤, 인생 변주곡   121

Var. 18   리스테소 템포: 동일한 속도로   127

Var. 19   피에로의 우울한 춤, 달빛의 사라방드   131

Var. 20   음악이 시간에 새긴 인상   143

         라르고·아다지오·안단테·알레그로·프레스토

Var. 21   북극을 향하는 속도   157

—— IV 음악 일기 ————————————————————

Var. 22 존 다울런드: 언제나 다울런드, 언제나 슬픔 163

Var. 23 쿠프랭: 깊은 암흑의 시간에서 부르는 노래 169

Var. 24 슈트라우스: 마지막 매듭이 피워 올리는 꽃 173

Var. 25 파이프 오르간: 인간으로부터 한 걸음 멀리 179

Var. 26 하프시코드: 하프시코드의 불꽃놀이 189

Var. 27 클라리넷: 감각의 경계에서 193

Var. 28 트라베소: 그 무해한 식물성 소리 197

Var. 29 피아노: 틀린 음을 소화하는 법 201

Var. 30 라벨의 왈츠: 건반 위의 머뭇거림 205

Var. 31 블로흐의 〈유대인의 삶〉: 이방인의 기도 211

Var. 32 에릭 사티의 〈벡사시옹〉: 840번의 반복,
고행 속의 희망 217

Var. 33 베토벤의 〈합창 교향곡〉: 환희의 시,
환희의 노래 221

Coda 오늘은 오늘의 음악을 배운다 227

일러두기
　　단행본은 『 』, 문학 작품과 신문·잡지는 「 」, 곡명은 〈 〉, 곡집은 《 》로 표시했다.
인명과 지명을 비롯한 고유명사의 외래어 표기는 국립국어원 외래어표기법에
따랐으며, 관례로 굳어진 것은 예외로 두었다.

서른세 개의 일상 변주곡

사랑하는 에밀리, 나의 친구에게

너만의 길을 따라가면 된단다. 그저 예술을 행함에 그치지
말고 내면으로 파고들기를 바란다. 예술과 과학만이 인간을
신성에 가깝게 이끌 수 있기 때문이지. 사랑하는 에밀리,
정말 힘들 때는 나를 믿고 내게 편지를 쓰렴.

진정한 예술가는 자만하지 않아. 예술에는 한계가 없음을
아는 이는 자신이 목표에서 얼마나 멀리 떨어져 있는지
막연하게나마 느낄 수 있는 법이거든. 다른 이들이 아무리
자신을 찬양해도, 머나먼 곳에서 반짝이는 한 줄기의 빛으로
작품을 만들어내는 천재의 수준에는 결코 도달할 수 없음을
괴로워하지. 화려함으로 내면의 빈곤함을 감추는 이들 말고,
너를 보러, 너의 작품을 보러 가고 싶구나.

– 루트비히 판 베토벤 1812년 7월 17일, 테플리체에서

친절한 베토벤 선생님께 편지를 쓰고 싶었던 날이 얼마나
  많았는지. 수많은 에밀리 중 한 명으로 살면서 방향을
  잃고, 좌절의 당연함을 잊을 때마다 베토벤 선생님의
  편지를 떠올렸다. "예술을 행함에 그치지 말고 내면으로
  파고들라"는 선생님의 상냥한 조언은 음악의 목표가 결국
  나 자신을 발견하는 것임을 일깨워주었다.
음악이라는 분야가 마냥 화려하고 고상하리라는 환상에서
  깨어난 것은 음악대학에 입학하면서부터였다. 온실 속
  화초처럼 고운 자태를 한 채 현실의 삶과 유리되어 있는
  음악을 그냥 받아들일 수는 없었다. 음악이 우리에게
  어떤 의미가 있는지 묻고 또 물으며 오랜 세월을 보내고
  조금씩 음악을 나의 삶으로 품을 수 있게 되었을 때,
  그 의미는 나 자신이 주는 것임을 알게 되었다. 나의
  좌절과 슬픔이 배어 있는 음악, 우리의 아픔을 기록한
  음악은 온실에서 나와 현실을 마주한 진짜 음악이다.
  서로를 음악으로 위로하고 품어줄 때 비로소 음악은
  우리 안에서 살아 움직인다.
음악을 공부하는 이는 일상에서 끊임없이 실패하고
  좌절하며, 그럴 때마다 마주하는 것은 빈곤해진 영혼이다.
  그럼에도 불구하고 "너를, 너의 음악을 보러 가고 싶다"던
  베토벤 선생님의 말을 새기면서 오늘도 연습으로 오늘의

슬픔 한 스푼을 맛본다. 일반인보다 음악에 조금 더 많은
시간을 쓰는 사람으로서 어떻게 음악을 느끼고, 음악을
통해 매일을 배워나가는지 글로 적었다. 클래식 음악에
익숙하든 그렇지 않든, 어떤 길을 걷는 사람이든,
동시대를 살아내며 함께 희로애락을 노래하는 우리
모두가 공감할 수 있는 이야기를 전하고 싶었다. 우리의
평범한 삶과 동떨어진 음악 이야기가 아닌, 좌절과
아픔을 딛고 다시 일어선 작곡가와 연주자에 대해,
그리고 그들의 음악을 우리의 일상으로 받아들이는
소소한 방법에 대해 적었다.

음악을 해석하고 연습하고 연주하듯 일상을 기록했더니
총 서른세 개의 변주곡이 되었다. 베토벤 선생님이
생의 말년에 작곡한 〈디아벨리 변주곡〉도 서른세 개의
곡으로 되어 있다. 겉으론 단순해 보이는 디아벨리의
주제 속에서 숨은 매력을 촘촘하게 살려내 음악사에 길이
남을 걸작으로 만든 대가의 음악을 들으며, 어설프고
초라하지만 나의 삶에도 애정이 솟는 것을 느꼈다.
음악은 일상에서 어떤 다양한 모습으로 변주될까?
화려한 음악가의 이야기가 아닌, 평범한 동네 음악
선생이 음악을 재료 삼아 꾸린 일상 변주곡을 시작한다.

무대에 오르기 전, 일단 심호흡부터 하고.

들이마시기 5초, 내쉬기 5초.

이제 시작.

2021년 겨울, 프랑스 렌느에서

송은혜

악　흥　의

　　한　때

|

유리알 슈베르트, 나의 마들렌

2019년 9월, 파리 생쉴피스 성당에서 자크 시라크 대통령의
장례식이 있었다. 세계 각지에서 방문한 기자들과 유명
인사들이 어색하게 정렬해 앉은 곳, 무거운 침묵을 깨고
지휘자이자 피아니스트인 다니엘 바렌보임이 슈베르트의
즉흥곡을 연주하기 시작했다. 성당의 돌벽을 치고 울리는
근본부터 투명한 소리, 슈베르트의 〈즉흥곡〉. 생의
마지막 순간에 즉흥곡이라니. 장례 미사에서 합창도
오르간도 아닌, 너무나도 세속적인 피아노의 울림이라니
불경스럽지 않은가. 죽음의 순간 절대자를 대면한 인간이
자신의 한계를 인정하듯 한 음 한 음 내려놓는 노장
바렌보임의 피아노 소리는 겸허할 수밖에 없었다. 인간의
가장 연약한 속살이 드러날 때만큼 신이 돋보이는 순간은
없으니 말이다.
그저 동영상으로 보았을 뿐인 그 장면이 그 후로도
오랫동안 기억에 남았다. 다른 작품을 연주하고 있을

때도 슈베르트는 좀처럼 머릿속에서 떠나지 않았다.

왜 하필 슈베르트였을까.

찬바람이 불기 시작한 11월 중순, 아마추어 합창단의
연주회가 잡혀 있었다.

"으녜, 이번 연주회 때 네가 피아노 독주로 초반부를
채워줄 수 있을까? 부탁이야."(프랑스인들은 히읗 발음을
할 줄 모르기 때문에 내 이름은 '은혜'가 아닌 '으녜'다)
처음에는 피곤하다는 핑계로 거절할 생각이었다. 하지만
돌아오는 길, 갑자기 슈베르트를 연주해야겠다는 생각이
들었다. 합창단이 부를 곡이 슈베르트 미사곡이기도
했지만, 그보다 이 가을에 슈베르트를 진하게 느끼고
싶다는 마음이 더 컸다. 그냥 듣기만 할 때보다 연주하면서
훨씬 더 깊이 빠져들 수 있기 때문이다. 슈베르트를
연습하고 싶었고, 그 소리를 모두와 나누고 싶었다.
나도 누군가의 장례식에서 그의 즉흥곡을 연주하겠다
다짐하지, 않았던가.

"갑자기 모든 기억이 모습을 드러내기 시작했다"던
프루스트의 마들렌처럼, 시라크 대통령의 장례식 동영상을
클릭하는 순간 슈베르트와 관련한 유년 시절의 기억이
떠올랐다. 중학교 1학년, 바흐나 베토벤으로 무거워졌던

18

연습시간에 선생님이 주신 슈베르트 〈즉흥곡〉 악보는
달콤한 선물처럼 느껴졌다. 반복 부분이 많고 성부도
두세 개 정도로 가벼웠던 음악은 멋모르던 어린 시절에도
쉽게 사랑에 빠질 만큼 예뻤다. 유리알처럼 맑게 퍼지던
소리, 쉽게 이해할 수 있을 것만 같은 작곡가의 간결함은
중학생의 마음에 그대로 내려앉았다. 돌이켜 보면
치기 쉽고 아름답다는 점이 마냥 좋았던 것 같다. 여느
십대 아이들이 그렇듯, 즉흥적이고 감수성 예민한
시절이었으니까.

어느덧 시간이 훌쩍 흘러 슈베르트보다 더 많은 나이가
되었다(슈베르트는 1828년 31세의 나이로 사망했다).
그러던 어느 날, 어린 시절 쳤던 〈즉흥곡〉을 다시 꺼내
들었다. 처음 이 곡을 연주한 지 30년도 더 지난 때였다.
가만히 손을 건반에 올리고 손가락을 움직이기 시작하니,
그때의 손가락 번호와 근육의 움직임, 소리에서 오는
느낌까지 천천히 되살아났다. 기특하게도 근육은 내가
사랑해 마지 않던 슈베르트의 음악을 잊지 않고 있었다.
심각한 고민 같은 것은 없던 때라 천진하고 투명한
소리를 냈을 테고, 손가락도 제법 유연하게 돌아갔으니
슈베르트 음악과 잘 어울렸으리라.

하지만 긴 세월 여기저기 헤매다 돌아온 동네 음악선생이

치는 〈즉흥곡〉은 30여 년 전과 같으면서 다르다.
이제는 슈베르트의 짧은 생애를 아리게 느낄 줄 알고,
한 예술가가 단지 요절했다는 이유 하나로 천재가 되는
것은 아님을 알 만한 나이가 되었다. 어떻게 연주해야
그 투명함을 잘 살릴 수 있는지, 사람의 심장을 쫄깃하게
할 수 있는지 안다. 슈베르트를 효과적으로 연주할 만큼
무르익은 나이가 된 것이다. 그렇다고 해서 내가 살아온
삶이 슈베르트를 변색시킨 것은 아니다. 소설가 다와다
요코가 말한 스테이플러 심처럼, 슈베르트는 시간의
한편을 꾹 눌러 과거의 나와 현재의 나를 하나로 연결해줄
뿐이다. 다시 〈즉흥곡〉과 〈악흥의 한때〉로 돌아오기까지,
슈베르트의 가곡과 합창곡과 관현악곡을, 그리고 다른
많은 작곡가들의 작품을 연습하고 분석하고 연주해왔다.
각각의 작품을 대할 때마다 기억들이 한 켜씩 쌓이며
세월과 함께 내 삶의 윤곽선 안쪽을 채워나갔다. 다시
집어든 그의 음표들은 여전히 맑고 투명하며 무겁지 않다.
내가 얼마나 나이를 먹었든, 얼마나 아는 것이 많아졌든,
얼마나 많은 경험을 쌓았든, 필요한 음은 슈베르트가
적어놓은 딱 그만큼이다. 나머지는 소리가 아니라 숨결로
조심스레 내뱉어야 한다. 신중을 기하지 않으면 투명한
유리알 같아야 할 소리가 긴 세월 동안 덧칠하면서 두텁게

쌓아올린 유화 물감처럼 탁해질 수 있다. 필요한 소리만
아름답게 살린 윤곽선 같은 음악이 지금 내가 원하는
소리이다. 슈베르트 역시 그것을 바랐으리라 믿으며……

◆

슈베르트 Franz Schubert

〈즉흥곡 2번 A♭장조〉, Op.142 (D 935)

습관처럼 좌절, 연습

악기를 연주한다는 것은 멋진 일이다. 내 마음을 음악으로
표현할 수 있다니 얼마나 신비로운 일인가. 하지만
아마추어든 전문가든, 음악을 시작하는 순간 백조와 같은
삶이 자신 앞에 놓여 있음을 알아야 한다. 겉으론 고아해
보이지만, 물 밑에서는 쉬지 않고 발을 동동거리며
살아야 하는 인생이 시작되었다는 뜻이다. 놀아도
노는 게 아닌, 마음 한구석에 '연습해야 하는데……'라는
부채 의식을 평생 안고 사는 삶.
음악을 듣기만 하다가 연주를 하게 되면, 우리는 자신의
민낯과 마주하게 된다. 레슨받은 대로 멋지게 보여주고
싶은데 왜 선생님 앞에만 서면 잘 움직이던 손가락도,
멀쩡하던 호흡도 뒤엉켜버리는지. 평소에는 전혀 느끼지
못했던 온몸의 세포들이 왜 갑자기 살아나서 나를
방해하는 건지. 게다가 내가 상상하는 연주와는 거리가
아주 먼 '도-레-도-레'를 열심히 연습하라는 소리를

들으면, 대체 왜 내가 스스로 무덤을 파기 시작한 걸까 자괴감에 빠지기도 한다. 연습, 애증의 연습.

음악을 배우기로 마음먹었다면 연습은 접어둘 수 없는 단어. 그래서 누군가 음악을 배우고 싶다고 이야기할 때 나는 제일 먼저 이렇게 질문한다. "연습을 위한 시간을 떼어놓을 수 있나요? 그렇다면 시작하셔도 됩니다." 음악을 배우는 시간은 좌절의 연속인데, 스스로에 대한 꾸준한 실망과 낙담을 견딜 수 있는 유일한 방법이 연습이기 때문이다. 실망하고 연습하고 약간 회복하고, 또다시 실망하고 습관처럼 연습하고 조금 더 회복하는 시간을 무한히 반복하다 보면, 어느 순간 미세하게 성장해 있는 자신을 발견하고 다음 목표를 꿈꾸게 된다. 이렇게 좌절은 조금씩 익숙해져 삶의 일부가 된다.

어렸을 때, 그러니까 아직 좌절이 생활화되지 않았을 때 타인 앞에서 연주하는 일은 알몸으로 남들 앞에 서는 느낌이었다. 내게 음악이란, 불완전한 상태의 나를 평가하는 서늘한 시선을 견디며 계속해서 부끄러운 나를 전시해야 하는 일이었다. 하지만 자세히 들여다보면 안다. 불편한 것은 사실 음악이 아니라 인정하기 싫어도 인정할 수밖에 없는 나의 감추고 싶은 모습들임을.

5년째 첼로를 배우고 있는 남편은 대학에서 학생들을
가르친다. 학부생부터 대학원생까지 많은 이를 상대로
강의하고 논문 작업을 지도하는데도 여전히 첼로
선생님과의 레슨을 두려워한다. "아, 그냥 다음 주로
미룰까? 이번 주에 너무 바빠서 연습 하나도 못 했는데
어떡하지?" 이런 걱정 어린 이야기에, 어차피 원하는
만큼 충분히 연습해도 두렵긴 마찬가지일 테니 그냥
가라고 대답할 수는 없다. 다정하게 조언할 뿐이다.
"일단 다녀와. 다녀와서 어떤 걸 배웠는지 말해줘."
나도 안다. 일주일에 한 번, 선생님과의 수업이 돌아올
때마다 지난주에 주어졌던 과제를 얼마나 잘 수행했는지
보여줘야 하는 부담감을 그 누가 피할 수 있을까.
당연히 연습은 충분치 않고, 설사 충분하다 하더라도
선생님이 보기에는 언제나 부족할 뿐이니, 시간이
다가올수록 부담감은 증폭되기 마련이다. 불편한 감정을
떨쳐내기 위해서는 악기를 들고 악보를 챙겨 그 시간
속으로 뚜벅뚜벅 들어가는 수밖에 없다.

나를 대면하는 시간. 정확히는 나의 부족함을 바로 보아야
하는 시간의 연속이 음악 연습이다. 혼자 연습하는 시간,
선생님과 함께 연습하는 시간, 청중들 앞에서 연주하는

시간 모두 연습의 과정이다. 조금 더 나아지겠다는 목표를 설정하고, 약점을 파악하고, 같은 행위를 반복하며 나아질 길을 찾고, 선생님께 점검받고, 길을 수정해보고, 다른 사람과 공유하는 긴 여정. 유튜브 썸네일 광고 문구처럼 '10분 완성'으로 쉽게 끝낼 수 있는 일이 아니다.

스스로의 부족함을 자연스레 받아들일 때쯤이면, 이미 한 단계 올라섰다는 뜻이다. 멋지게 음악을 연주하는 방법까지는 아닐지언정, 실망해도 다시 일어서는 법을 배우는 단계. 습관적인 좌절과 사소한 성공의 경험들에 익숙해지면 연습은 달콤한 꿀을 넘어 그 중독성에 이끌려 자꾸만 찾게 되는 쌉싸름한 커피가 된다.

오늘 연습할 작품을 꺼낸다. 악보를 펼쳐 어제는 어디서 좌절했었는지 확인한 뒤, 오늘 나를 힘들게 만들 구간은 어디가 될지 예상해본다. 어제와 다른 곳에서, 어쩌면 같은 곳에서 좌절할 수도 있지만, 괜찮다. 좌절이 충분히 쌓이고 나면, 어느 순간 스르르 해결될 것을 믿기 때문이다.

항상 같은 작품으로 연습을 시작하는 것도 좋다. 첼리스트 파블로 카잘스는 매일 아침 바흐의 《평균율 클라비어곡집》에서 두 곡을 골라 피아노로 연주한 후

일과를 시작했다고 한다. 어쩌면 오늘 내게 절망감을
안겨줄 음악을, 그것도 바흐를 매일 반복되는 하루의
의식에 포함시키는 삶, 상상만 해도 호화롭고 아름답지
않은가.

노래하는 횡격막

학생 시절 레슨에 들어가면 선생님이 항상 하시던 말씀이
　있다. "은혜야, 노래해 노래." 나는 악기를 연주하고
　있는데 대체 무슨 노래를 어떻게 하라는 말인지
　이해할 수 없었다. 그저 노래하라 하시니 좀 더 부드럽게
　연결하라는 뜻인가 보다 생각했을 뿐. 그러면 선생님은
　그냥 넘어가 주셨다. 음악성이 좋다는 칭찬도 들었다.
　그래서 더 막연하게만 느껴졌다. 음악성이라니. 음악성,
　대체 이 뭉툭한 단어는 뭘까.

인생에 선생님이 있는 시간은 그리 길지 않다. 교육기관을
　떠나 혼자 음악을 만들고 해석해야 하는 시기가 오면
　고민은 더욱 깊어진다. 나는 음악과 어떻게 연결되는가?
　감정을 표현하라는 애매한 말은 대체 어떻게 물리적인
　몸의 움직임으로 변환되는가? 추상적인 단어들이
　구체적으로 어떻게 소리로 드러나는가? 어디까지가
　작곡가의 표현이고, 어디까지가 나의 표현인가? 질문이

길어지면서 답을 찾는 여정도 길어졌다. 엄마처럼
모든 것을 하나하나 결정해주던 선생님을 떠난 뒤 혼자
고민하고 결정해야 하는 선택의 순간들은 쌓여만 갔다.
답을 주면 잘 흉내내고 외우던 모범생에게 제대로 된
공부가 시작된 시점이었다. 매 걸음 미련과 두려움이
가득했고, 이 길이 맞는 길인지 자문하며 펼쳐 본 악보는
알 수 없는 곳을 탐험하는 여행이었다.
우리는 어떤 분야를 탐구하고 배우면서 새로운 언어를
알게 된다. 같은 언어를 써도 단어에 함축된 의미를
받아들이는 방식은 그 분야를 모르는 사람과 같을 수 없다.
한발 더 나아가 생각해보면, 과연 어떤 단어를 모든 사람이
같은 의미로 받아들이는지 의문이다. 우린 모두 다르게
생겼고 다른 인생을 살아왔으니까.
운이 좋게도 내겐 여러 언어를 배울 기회가 있었다.
첫 번째는 모국어이고 두 번째는 영어, 그리고 세 번째가
프랑스어다. 이렇게 세 언어로 음악을 배웠다. 언어가
바뀔 때마다 난 다시 아이가 되어 어리바리하게 음악을
근본부터 다시 생각해야 했고, 이미 알고 있는 것들도
다른 언어로 새롭게 배웠다. 손가락이 아무리 잘 돌아가도
말을 못 하면 어쩔 수 없이 겸손해진다. 언어 습득
능력이 그리 뛰어나지 않은 나는 뻔히 아는 용어들을

새로운 언어로 배울 때마다 거듭 고민할 수밖에 없었다.
습자지처럼 얄팍한 지식을 풀로 덧바르면서 대체 언제쯤
두께가 생길지 생각하는 시간마저도 습관이 되었다.
하지만 그 덕에 같은 단어가 극적으로 다르게 이해될 수
있다는 사실에 수시로 감동할 수 있었다. '노래하다'.
영어로는 '싱'(sing), 프랑스어로는 '샹테'(chanter).
가만히 되뇌어 보기만 해도 '노래하다'와 '싱' 그리고
'샹테'에서 느껴지는 것들이 다르다. '노래하다'는
자연스럽고, '싱'은 신난다. '샹테'는 입에 침이
고이고, 눈에 물기가 어리는 느낌이다. 실제로 '샹'을
발음할 때 살짝 침이 고이는 것은 아마 내가 샴페인
맛을 알아버렸기 때문일 것이다(프랑스어로 샴페인은
'샹파뉴'(champagne)라고 한다).

선생님이 "은혜야, 노래해"라고 했을 때, 난 그 말을 잘
이해하지 못했다. '샹테'까지 배우고 나서야 그 의미를
조금이나마 이해할 수 있게 되었다. 호흡이 실린 음악과
그렇지 않은 음악은 근본적으로 다르다는 것을. 손가락을
아무리 빨리 움직일 수 있다 해도, 어려운 곡을 한 음도
틀리지 않고 연주할 수 있다 해도, 몇 천 석의 공연장이
쩌렁쩌렁 울리도록 큰 소리를 낼 수 있다 해도, 호흡이

실리지 않는다면 청중을 감동시킬 수 없다는 것을 말이다. 기계처럼 정확하고 빠르게 움직이는 화려한 음들보다 떨리는 호흡을 진정시키며 한 음 한 음 건반을 향하는 손가락의 머뭇거림이 듣는 이의 귀를 사로잡는 이유가 여기에 있다. 숨과 함께 흘려보내는 마음이 듣는 이의 몸속 빈 공간을 설렘으로 가득 차도록, 혹은 아련함으로 떨리도록 울리기 때문이다. 여기서 빈 공간이란 호흡을 관장하는 폐 언저리를 말하며, 폐의 공간을 주도적으로 움직이는 세밀한 근육은 횡격막이다. 횡격막이라니…… 설렘이나 아련함과는 도무지 어울리지 않는 얼마나 구체적이고 생물학적인 용어인가.

악기에 내 마음을 실으려면 내가 악기의 소리로 노래한다고 생각해야 한다. 풀어서 말하자면, 내 목소리로 노래하는 대신 악기를 사용해서 동일한 의도를 표현하는 것이다. 내 노래를 악기 소리로 완벽하게 바꾸기 위해서는 손가락 근육도 중요하지만 먼저 횡격막에 집중해야 한다. 호흡은 내 몸속 깊은 곳의 빈 공간에서 시작하고, 이 호흡을 외부 세계(악기)와 연결하는 중간 지점이 손가락이다. 손가락을 움직여 악기를 통해 흘러나오는 호흡의 결과물, 즉 악기의 소리가 내 목소리를 대신해서 듣는 이의 귀와 마음에 가서 닿는 것이다. 결국 소리는 시작부터 끝까지 호흡과

연결된다. 그러니 이 호흡을 가장 미세하고도 강력하게
조절하는 근육인 횡격막이야말로 설렘이나 아련함과
떼려야 뗄 수 없는 기관인 셈이다.

횡격막을 생각하며 숨을 실어 노래하듯 악보를 다시 읽으면
음악을 보는 눈이 완전히 달라진다. 제한된 호흡의 양을
조절해 한 번의 숨으로 노래할 수 있는 길이를 정하고,
그 숨을 효과적으로 쓸 수 있도록 음표에 강약을 주기
때문이다. 이것이 바로 음악을 인간적으로 들리게
만드는 열쇠다. 어떤 연주가 기계적으로 들린다면,
아마 그 연주에서 숨의 한계를 느낄 수 없기 때문일
것이다. 인간이라면 분명히 숨에 끝이 있어서 다시
숨을 들이마신 후 시작해야 하건만 호흡이 끊이지 않고
계속 연주되니 그 소리에서 인간을 느낄 수 없는 것은
당연하다.

세월이 흘러 나는 음악을 가르치는 선생이 되었다.
열심히 연습한 학생이 최선을 다해 자신이 연습한 것을
보여주지만 충분히 감정을 싣지 못할 때면, 나도 그 옛날
선생님처럼 학생에게 말한다.

"먼저 악기에서 손을 떼고 노래부터 해봐. 그러면 자연스레
알게 될 거야. 네가 어떤 마음을 보여주고 싶은지.

어색하다고 피하면 원하는 것이 무엇인지 스스로 알 수
없게 돼. 그래도 노래하기가 어색하다면 숨을 크게 쉬어봐.
그 숨에 실린 너의 마음을 느껴보는 거야. 거기서 너만의
음악이 시작되거든."
호흡과 마음을 연결시킬 수 있게 되면, 음악성이라는
그 뭉툭했던 단어는 선명해지고 연주에 풍성함이 깃든다.
손에 힘을 빼자. 깊이 숨을 쉬자.

깊은 밤을 향하는 오르페우스처럼

프랑스의 음악원 수업에는 연극 수업이 포함된다. 나도
공부하면서 연극 수업을 들었다. 연주할 때 나는 주로
오른쪽 옆모습이나 뒷모습만 청중에게 보여준다.
그래서인지 연극 수업에서 누군가를 정면으로 보고 선 채
몸을 쓰고 대사를 읊는 내가 너무 어색하고 불편했다.
연극과는 최대한 멀리 떨어져 살자 결심하게 만든,
내가 얼마나 부끄러움이 많은 사람인지 알게 해준 유용한
수업이었다. 이후 선생이 되어서도 연극과에서 협업
요청이 올 때마다 이런저런 핑계를 대며 사양했다. 굳이
내가 나서지 않아도 연극 무대에 오를 사람은 세상에
차고 넘치니까.
그러던 어느 날, 프랑스의 오페라 연출가가 성악 전공
학생들을 대상으로 진행하는 연극 수업에 참여하게
되었다. 나는 연기가 아닌 피아노 반주만 하면 된다기에
흔쾌히 수락했다. 약속한 날 가벼운 마음으로 수업에

들어간 나와 달리, 유명한 노장 연출가를 만나는 학생들의
얼굴은 설렘과 두려움으로 상기되어 있었다. 학생들 중
누가 첫 '제물'이 될지 순서를 정한 후 수업이 시작되었다.
오페라 아리아의 줄거리에 맞는 동작과 연기 방식을
가르치리라 생각했던 내 예상은 완전히 빗나갔다. 레슨이
진행될 때마다 학생들은 차례차례 지옥과 천국을 오갔고,
수업은 매일같이 울음바다로 끝났다. 그랜드 피아노
한 대로 거의 꽉 차는 작은 무대가 노래할 때 좁지 않을까
걱정했는데, 오히려 그 좁은 무대 덕에 학생들이 외로워
보이지 않아 다행이라는 생각이 들 정도였다.
연출가가 학생들에게 윽박지르거나 화를 낸 것은 아니다.
노래를 못 부른다고 타박한 것도 아니고 그저 "왜 그렇게
노래했어?" 혹은 "왜 그렇게 생각해?"를 차분히, 그리고
끈질기게 되물었을 뿐이다. 학생들 입장에선 자기
목소리에 어울리는 배역을 고르고 노래를 선택해 올바른
음정과 적절한 발음으로 잘 부른 것 같은데, 연출가는
자꾸만 왜 그렇게 불렀느냐고 묻는다. 방금 부른 아리아를
파악하는 정도를 넘어 그 인물의 심리 상태가 어떤지,
그 마음에 진심으로 공감하는지, 나아가 노래를 부르는
동안 철저하게 그 사람이 되었는지를 연출가는 묻고
또 묻는다.

작품의 줄거리를 익히고 아리아의 앞뒤 맥락을 이해한다
　　해도 인물에 이입하기란 쉽지 않은데, 단순히 '이러저러한
　　인물을 노래하고 싶다'는 학생들의 대답은 너무 막연하고
　　두루뭉술했다. 그런 생각으로 노래를 부르면 이야기는
　　사라지고 꾀꼬리 같은 목소리만 남을 뿐이다.
오페라에서 중요한 것은 화려한 테크닉을 앞세워
　　멋들어지게 부른 노래가 아니라 인물의 내면을 깊이
　　이해함으로써 그 인물을 살아내고, 그 과정에서 자신의
　　삶과 마주하는 것임을 노장 연출가는 젊은 학생들이
　　아프게 깨닫기를 바랐다. 그동안 갈고닦은 기량을 발휘해
　　자신이 맡은 배역을 멋지게 소화하고 싶었던 학생들은
　　질문에 답하며 인물이 무엇을 느끼는지 구체적으로
　　상상하는 법을 배워나갔다.
학생들이 자기 안에서 자신이 맡은 인물을 끌어내기
　　시작하자 그동안 열심히 쌓아올린 테크닉이 조금씩
　　허물어졌다. 학생들은 불안해했고 그 마음이 그대로
　　노래에 스며들었다. 자신의 테크닉을 지키려고 안간힘을
　　쓰는 학생도 있었다. 안타깝게도 그렇게 지켜낸 소리는
　　청중을 잡아끌 만큼 매력적이지 못했다. 오히려 과감하게
　　테크닉에 대한 집착을 내려놓았을 때, 갈라진 성대에서
　　속울음 같은 노래가 흘러나왔다. '세상에, 네 안에 그런

소리가 있었구나' 하는 감탄과 함께 더는 학생과 배역이
구분되지 않았다. 배역에 완전히 몰입한 학생은 인물의
감정을 온전히 자신의 것으로 표현했고, 그것이 듣는
이에게도 고스란히 전해졌기 때문이다. 얼마나 완벽하게
노래를 불렀는지는 중요하지 않았다. 지금 그가 그 인물의
삶을 살아내며, 그 삶을 새로이 해석하여 표현하기
시작했다는 것이 중요할 뿐이었다.

이런 경험을 한 학생들은 노래가 끝나고, 혹은 노래를
하다 말고 눈물을 쏟았다. '내가 부르고 싶은 노래가
이것이었나? 나는 대체 무엇을 원했던가? 그동안 내가
만들어온 테크닉과 기나긴 연습 시간은 다 헛것이었을까?'
자신을 향한 질문 끝에 텅 비어버린 내면을 발견한 탓이다.
하지만 텅 빈 절망만큼 아름답게 들리는 노래는 이 세상
어디에도 없다.

블랑쇼는 지하 세계에서 에우리디케를 데려오다가 놓쳐버린
오르페우스의 절망, 그 어두운 밤의 시간에 주목한다.
오르페우스는 아름다운 연주로 죽음의 신이자 지하
세계의 신 하데스를 설득했지만, 진정한 예술은 그의
연주가 아니라 자신의 실수로 사랑하는 연인을 다시 잃은
그 컴컴한 절망의 밤에 피어났다고 블랑쇼는 해석한다.

음악 작품은 연주되어야만 그 안에 담긴 작곡가의 생각과
내면이 드러난다. 같은 작품을 연주한 수많은 음반이
있는데도 오늘 내가 다시 그것을 연주하는 이유는
'지금의 나'라는 독특한 시공간 속에서 새롭게 해석될
작곡가의 숨겨진 내면이 작품 안에 여전히 존재하기
때문이다. 끊임없이 흔들리는 불안정한 '나'를 대면하는
경험 없이 그저 아름답기만 한 소리로는 작품 속
인물의 내면을 표현할 수 없다. 그러므로 "왜 그렇게
노래했어?"라는 연출가의 질문은 '너만이 표현할 수
있는 너의 세계, 너의 마음을 들려주렴'이라는 간곡한
부탁이다.
얄팍한 재주를 넘어 마음속 가장 깊고 어두운 곳으로
내려가기를. 모든 것을 놓아버린 그 자리에서 나만이
들려줄 수 있는 나만의 노래로 듣는 이의 마음에
가닿기를. 오르페우스가 좌절한 바로 그 자리에서 피어날
진심을 마주할 수 있기를.

◆

루이 안드리센 Louis Andriessen

하프시코드를 위한 〈오르페우스를 향한 서곡〉

무대 위의 투명 풍선

음악을 하는 이들에게 무대는 애증의 장소다. 오랫동안
　작품을 준비하며 갈고닦은 실력을 청중에게 선보이는
　곳이자, 완벽하지 않은 나를 사람들 앞에 적나라하게
　드러내는 곳이기도 하니 말이다.

초등학교 때 최악의 무대를 경험했다. 자신만만하게 나간
　콩쿠르에서 연주 도중 악보를 까먹어 눈앞이 캄캄해졌던
　기억. 그때 느낀 황망함은 그 후로도 오랫동안 지워지지
　않았다. 눈물의 베토벤 〈피아노 소나타 1번 F단조〉.
　선생님 앞에서도 집에서도 단 한 번의 실수 없이 잘
　연주했건만, 처음 경험하는 무대와 객석에 앉아 있던
　심사 위원들의 쑥덕거림에 꼬마 피아니스트는 완전히
　얼어버렸고, 결국 머릿속이 새하얘진 채 내려와야 했다.
　처음 느낀 무대 공포였다. 어린 시절의 경험이 대개
　그렇듯, 그날의 공포는 내 음악 인생의 첫 백신이 되었다.
　무대는 확실한 준비 없이 함부로 오르는 곳이 아님을,

반드시 겸손한 마음으로 연주해야 한다는 사실을 따끔하게
알려준 것이다.

그때부터 무대는 내게 부담스러운 곳이 되었다. 블랙홀처럼
모든 것을 빨아들일 듯한 객석의 짙은 어둠과 머릿속에
있던 악보를 사라지게 만드는 보이지 않는 힘으로 가득한
무서운 곳. 객석 끝에 있는 문이 끼익 여닫히는 소리가
들리고, 엄마와 함께 온 어린이 관객이 맨 앞줄에 앉아
짜증을 내고, 너의 모든 것을 하나하나 지적해주겠다는 듯
시니컬한 표정으로 앉아 있는 낯선 관객. 조명은 정오의
태양처럼 눈이 부시고, 거대한 피아노는 나를 잡아먹을
것만 같고, 등줄기는 서늘해지고, 손끝은 점점 차가워진다.
무대 주변에 흐르는 무거운 공기에 눌려 한 음도 연주할 수
없을 것만 같다. 이겨내야 한다고 다짐할수록 몸은 더
경직되는 곳.

그러던 어느 날, 무대에 오르기 전 잔뜩 긴장한 어린이에게
가만가만 속삭이던 어떤 선생님의 이야기가 귀에 꽂혔다.
"무대에 올라가면 네가 들어갈 수 있는 투명한 방울을
만들어. 그래, 풍선 같은 거. 그 속으로 쏙 들어가는 거야.
그리고 너만 생각해."

투명한 풍선 속에 들어가면 무대 공포가 사라진다는 말인가.
나도 그때부터 투명한 둥근 막을 만드는 상상을 하기

시작했다. 길을 걷다가, 혹은 사람이 많이 모인 자리에서 나 자신에게만 집중하고 싶을 때면 투명한 풍선으로 들어가는 연습을 했다. 무대에 오를 때에도 잊지 않고 풍선을 만들었다.

이 투명한 막은 객석의 소음과 시선을 튕겨 내고, 무대 위에 오직 나만이 제어할 수 있는 완벽한 공간을 만든다. 따스하고 환한 노란빛 조명, 부드러운 나무 바닥, 깊고 풍부한 악기의 울림. 풍선의 효과를 강하게 믿을수록 무대는 일상에서 느끼기 힘든 고도의 집중력이 발휘되는, 그래서 누군가의 내면을 꿰뚫는 연주를 할 수 있을 것 같은 멋진 공간으로 바뀐다. 무대 위의 투명 풍선은 오로지 나의 이야기를 듣기 위해 온 사람들과 만나는 행복한 장소가 된다.

나이가 들면서 무대 경험도 쌓여갔지만, 지금도 무대에 오를 때면 투명 풍선을 만든다. 그런 뒤 조용히 마지막 신호를 기다린다. 적막. 객석과 내가 동시에 숨을 삼키는 고요의 순간. 연주를 시작할 시간이다.

무대가 아니더라도 나를 복잡하게 뒤흔드는 자극은 삶의 곳곳에서 튀어나온다. 그럴 때마다 자극이 사라지기를 마냥 기다리거나 맹렬하게 거부하다 보면 에너지는 금세 소진되어 버린다. 그보다는 나의 내면에 집중하는 편이 낫다. 객석에서 오는 자극으로부터 나를 보호하기 위해 투명 풍선으로 들어가듯이 외부로 향하는 나의 감각을 하나둘 그러모으면 어느 순간 주변은 고요해진다. 길가의 꽃이나 따스한 햇살, 부드러운 커피 향, 멀리서 들려오는 아이 웃음소리, 바람 소리, 새소리, 누군가의 발소리, 조심스레 책장을 넘기는 소리 같은 차분하고 사랑스러운 것들로 시선을 돌리며 천천히 의식의 중심을 나에게로 옮겨 오는 것이다.

투명 풍선은 내가 선택한 것에 오롯이 집중할 수 있는 공간이자, 사람들의 기대에서 벗어나 내 의지로 나를 고립시키는 공간이다. 무대에서의 고립은 외로움과 다르다. 외로움이 일종의 소외감이라면 고립은 내가 가진 것들을 충분히 만끽하고 음미하는 시간이다. 무대 위에서 연주하는 순간에는 나와 음악만이 존재한다. 다른 사람이 어떻게 생각하는지 따위는 중요하지 않은 멋진 순간. 나와 내가 사랑하는 음악만으로 이뤄진 세상이 만드는 충일감이 강해지면 그 에너지는 다시 객석으로 향한다. 이제 내 앞에 앉아 있는 사람들은 나를 판단하기 위해서가 아니라 내가 보여주고자 하는 세상을 함께 느끼러 온 것처럼 보인다. 그럴 때 나는 세상 무서울 것이 없다.

이 음악이 영원히 끝나지 않기를 바란다. 세상이 이대로 끝나도 여한이 없을 정도로 행복하다. 무대에서 죽고 싶다던 누군가의 마음에 깊이 공감하는 순간이다.

◆

베토벤 Ludwig van Beethoven

〈피아노 소나타 1번, F단조〉, Op.2 No.1

첼로를 감싸는 화려한 스카프

언젠가 아마추어 첼리스트가 연락을 해왔다.

유명 전자 회사의 지사장으로 프랑스에 파견 나와 있는 일본인이었다. 그는 오랫동안 첼로를 연주해왔는데 2주에 한 번 정도 자신과 함께 이중주를 연주해줄 수 있느냐고 제안했다. 아마추어 연주자에 대한 관심에 더해, 프랑스에 나와 사는 고위직 중년 남성이 레슨비를 내면서까지 악기를 연주하고 싶어 한다니 그 열정에 흥미가 동했다. 긍정적인 대답을 보내자 그는 연주하고 싶다는 악보를 잔뜩 우편으로 보내왔다. 베토벤과 슈만, 쇼스타코비치까지. 아마추어라지만 수준이 보통이 아닌가 보다 생각했다.

하지만 처음 만난 날 문제가 생겼다. 그가 프랑스어는커녕 영어도 힘들어하는 것이다. 내가 아는 일본어는 '도조' '스미마셍' 정도인데, 대체 어떻게 의사소통을 하며 두 시간을 채운다는 말인가. 자유롭게 사용할 수 있는

언어가 없을 때 스스로를 소개하는 내용이 얼마나
빈곤해지는지 체험하며 가까스로 통성명을 마쳤다.
야마모토 씨가 악기를 꺼냈다. 첼로의 지판을 보호하기
위해 감아둔 커다랗고 화려한 스카프를 풀고 의자에 앉아
엔드 핀[첼로를 바닥에 고정하는 금속 막대]의 길이를 조절한 뒤
첼로를 가슴에 안았다. 그러곤 "아! 잠시만요" 하더니
가방에서 자신의 회사에서 만든 녹음기를 꺼내며
연습을 녹음해도 되겠느냐고 눈으로 물었다.
　"그럼요, 원하시는 대로 하시죠."
그는 베토벤 소나타를 연주하기 시작했다. '아니 이분,
아까 얘기할 땐 수줍음 많고 소심해 보이는 일본인
사장님이었는데…….' 야마모토 씨는 조금 전의 그 사람이
맞나 싶을 정도로 180도 달라졌다. 깊은 호흡, 탄력적으로
움직이는 활, 섬세한 뉘앙스를 살리는 연주. 그동안 모국어
없이 답답하게 지낸 시간을 보상받으려는 듯, 표현하고
싶은 모든 생각을 음악으로 풀어냈다. 첫 곡 연주를
마친 뒤 땀으로 푹 젖은 채 환하게 미소 짓던 모습이
잊히지 않는다. 단 한 곡을 연주했을 뿐이지만 그가 어떤
마음으로 지내왔는지, 어떤 성격을 가졌는지, 그 순간의
기분이 어떠한지 말하지 않아도 다 알 수 있을 것만
같았다.

내가 어설픈 프랑스어로 말하며 살아온 지도 만 13년이
　　되었다. 머릿속에 생각이 많다고 해서 모든 것을
　　자유롭게 표현할 수 있는 것은 아님을 매 순간 깨달으며
　　지냈다. 그 덕에 정확하게 알게 된 것도 있다. 생각과
　　표현은 분리되어 있다는 것. 태어날 때부터 자연스럽게
　　익힌 모국어가 아닌 다른 언어로 살다 보면 외부 세계와
　　나 사이에 담장이 생긴다. 개인의 언어 능력에 따라
　　그 높이가 달라지기도 하겠지만, 담장이 없을 수는
　　없다. 생각과 표현의 차이가 그리 크지 않은 모국어만
　　사용하다 보면 쉽게 느끼기 힘든 감각이다. 하지만
　　이 담장의 높이를 무시하고 양쪽을 날아다니는 방법이
　　있으니 바로 음악이다.
감정을 언어로 에둘러 표현하지 않고 감각의 형태로
　　직접 보여주는 음악의 힘은 외국에 살 때 더욱 빛난다.
　　대가들의 표현법을 빌려 내 감정을 보다 세련되게
　　전달할 수 있을 때면 음악은 내가 평생에 걸쳐 갈고닦은
　　소통 수단, 모국어만큼 편하지만 세상 누구와도 통하는
　　또 다른 언어라는 생각이 든다.
처음 프랑스에 왔을 때, 말이 통하지 않아 바보가 된 듯한
　　기분으로 지내다가도 음악을 연주하면 그 우울에서
　　벗어날 수 있었다. 말도 제대로 못하고 존재감도 없는

동양 여자인 내가 악기를 연주하는 순간 편견을 뚫고
상대의 심장으로 직진할 수 있다는 자신감은 퍼석한 외국
생활을 견디게 했다. '내가 말이 없다고 생각이 없는 건
아니야.' 음악은 내 생각과 언어 능력을 동일시하지 말라는
경고인 동시에, 언어를 넘어서는 생각의 세계를 소홀히
하지 말자고 다짐하는 도구가 되었다.

몇 곡의 연주가 끝나고, 야마모토 씨는 자신이 어떻게
첼로를 연주하게 되었는지 더듬더듬 설명하기 시작했다.
"어렸을 때 오랫동안 첼로를 배웠고 음악을 전공하고
싶었지만, 부모님 때문에 다른 과로 진학하게 되었어요.
그래도 대학 아마추어 오케스트라에서 계속 첼로를
연주했고, 취직한 뒤 회사 일로 바빠 자주 연주하지 못할
때도 마음은 항상 첼로에 있었어요. 다른 나라로 발령이
나면, 보통 한 나라에서 2~3년 정도 머물러요. 그때마다
가족은 함께 못 가도 첼로는 꼭 함께 가지요. 어느 곳을
가든 항상 그 지역의 아마추어 오케스트라를 먼저 찾아서
오디션을 보고, 머무는 동안 그 오케스트라와 함께
연습하고 연주합니다."

내 눈길이 스카프에 머물자 야마모토 씨가 이어 말했다.
"이 스카프는 말레이시아에서 일할 때 장만했어요.
그 이후로 항상 지판에 감고 다닙니다. 스카프를 보면

그때 함께 연주했던 사람들과 음악이 생각나요."
이곳에서도 오케스트라에 입단했는데, 프랑스어를
잘 못해도 연주에는 그리 큰 문제가 되지 않는단다.
"악보는 동일하고, 지휘자와 악장의 동작만으로 모든
의사소통이 가능하니까요. 사실 일본보다 외국에 나와
있을 때가 더 좋아요. 말하지 않고 음악만 해도 되니까."
그렇게 말하며 그는 수줍게 웃었다.
양복을 반듯하게 갖춰 입고 온 야마모토 씨의 첼로를 감싼
화려한 스카프는, 세상 어디를 가도 첼로만 있으면
행복하다는 그의 열정과 닮았다. 가족이 없어 외롭고
말도 통하지 않는 답답한 이국땅이지만, 스카프를
풀고 첼로를 꺼내는 순간 그만의 시간이 펼쳐진다.
어쩌면 말이 통하는 본국에서보다 더 자유롭고
행복하게 음악으로 춤을 추고 있는지도 모르겠다. 영화
〈쉘 위 댄스〉에서 퇴근하고 댄스 교습소로 향하던
주인공처럼.

◆

베토벤 Ludwig van Beethoven
〈첼로와 피아노를 위한 소나타〉 3번, A장조, Op.69

그대는 나의 안식

"선생님, 그거 뭐예요?"

가방에 달린 노란 리본을 가리키며 아이들이 묻는다.

"그거 유방암, 그거 아니에요?" "야, 그건 분홍색이잖아, 엄마가 달고 다니는 거 봤어." "아, 그렇지. 그럼 그건 뭐예요?" 왁자지껄 까르르. 그룹 레슨을 마치고 우르르 나가던 어린 피아니스트들의 호기심 가득한 눈에 오늘은 노란 리본이 들어왔나 보다.

"이건 내가 온 나라에서 가져온 거야. 언젠가 학생들이 수학여행을 가는데 배가 물에 가라앉는 사고가 있었어. 그때 세상을 떠난 고등학생들과 희생자를 기억하는 리본이야." 이렇게 대답하니 아이들은 깜짝 놀란다.

"수학여행요? 안됐다…… 선생님, 다음 주에 봐요, 안녕!" 학생들을 보내고 다시 리본을 본다. 정신 차리고 살아야지. 다시는 무지해서, 관심이 없어서, 게을러서 아이들을 놓치는 일이 없도록.

음악을 전공으로 택하고부터 늘 생각하는 것이 있다. 음악과 세상은 어떻게 연결되어 있는가. 대학에서 배우는 음악 과목은 세상과 너무나도 동떨어져 있고, 음악으로는 현실에 발 디딜 만한 곳이 없어 보였다. 예쁜 꽃의 꿀만 빨고 사는 것 같던 음대생 시절, 음악이 대체 우리 삶에 무슨 의미가 있는지 고민하는 내게 한 선배는 "생각이 너무 많으면 음악이 잘 안 돼. 머리를 비워"라고 친절히 조언했다. 1996년 전두환과 노태우의 비자금 수사도, 캠퍼스를 들썩이던 등록금 투쟁도, 후배 하나가 시위 중에 사망했다는 소식도 음대생에게는 먼 곳의 이야기였다. 그해 여름, 음대에서 가장 멀리 떨어져 있던 이과대학 건물에 학생들이 고립되었다. 헬기가 하늘에서 시뻘건 최루 가스를 뿌려대도 음대생에겐 상관없는 일이었다. 우리에게는 당장 해야 할 연습이 있었고, 그 연습에 최선을 다했다. 연습하러 학교에 가면서 정문이 막혔으니 동문으로 돌아가야 한다는 말이 우리끼리 나눈 이야기의 전부였다. '정말, 이래도 되나?' 싶은 생각이 들면 건물 옥상에 올라가 저 멀리에 있는 학생들을 바라봤다. 제발 다치지 말기를 마음속으로 비는 것 말고는 할 수 있는 일이 없었다.

안개 속에 갇힌 듯 뿌연 세상 속에서 음악 공부를 했다.
　학부를 졸업할 무렵에는 IMF가 터졌다. 신문은 빼곡한
　부도 기업 리스트를 연일 보도했고 집안 형편도
　기울었지만, 다행히 장학금으로 유학을 떠날 수
　있었다. 계속해서 공부를 이어갔고, 음악을 하는 사람들
　사이에서 치열하게 살았다. 하지만 외국에 나가 공부를
　더 해보아도 음악과 세상의 관계에 대한 답은 여전히
　찾을 수 없었다. 주변 사람들도 이 문제에 대해서는
　별 관심이 없어 보였다. 원래 다들 그렇게 사나 보다
　찜찜함을 느끼며 시간을 흘려보냈다.
그러다가 2005년 런던에서 열린 국제 콩쿠르에 참가하게
　되었다. 국제 콩쿠르는 연주자들이 그동안 갈고닦은
　실력으로 자신의 존재를 증명하는 곳이다. 매력적인
　연주로 청중의 귀를 사로잡으려는 파릇한 젊은이들의
　긴장, 열정, 시기와 질투, 실망, 환희 등 온갖 감정으로
　경연장의 열기는 무척 뜨거웠다. 나 역시 그 속에서
　열심히 라운드를 뛰고 있었다.
세미파이널이 끝났을 때 진행자가 무대 앞으로 걸어
　나왔다. "런던 지하철에서 폭탄이 터졌습니다.
　사상자가 있습니다. 몇 시간 뒤 희생자를 위한 미사를
　진행하겠습니다." 경연장을 채우던 모든 소리가 멈추고

침묵만 흘렀다.

성당 안으로 사람들이 모여들었다. 흐느끼는 사람들,
충격을 받아 멍하니 스테인드글라스만 바라보는 사람들,
분노 서린 목소리로 나누는 대화 소리, 납처럼 묵직한
공기. 잠시 후, 오르간 소리가 울리기 시작했다. 담담하게
흐르는 오르간 소리는 성당 안을 가득 채웠다. 그리고
이어지는 어린아이들의 합창. 설명할 수 없는 마음,
어떤 말로도 위로 되지 않을 참담한 심정들 사이로
아이들의 노래가 굽이치며 흘렀다.

그 순간 내가 속해 있고, 알고 있는 세계의 한 축이 무너졌다.
세상과 유리된 채 경쟁의 성에 갇혀버린 음악이 아니라,
마음속 깊은 곳을 들여다보고 인간의 가치를 일깨우는
음악의 의미를 그제야 느낄 수 있었다. 언어로 표현할 수
없는 수많은 감정을 끌어안는 음악의 추상성. 말도 그림도
우리의 마음을 담아낼 수 없다고 느낄 때, 한 소절의
선율로 모두를 위로하는 음악의 힘.

시간이 흘러 나는 음악을 가르치는 사람이 되었다. 비로소
세상에 발 디딜 곳을 찾은 것이다. 지금은 음악으로
나하고 다른 이의 마음을 들여다보는 법, 음악으로 마음을
전하는 법을 가르친다. 음악은 세상으로 통하는 다리를
놓는 나만의 방법이 되었다.

세월호가 가라앉은 그날로부터 일주일이 채 지나지 않아
　서울에서는 프랑스 소프라노 나탈리 드세의 연주회가
　열렸다. 한국의 상황을 알게 된 그가 희생자를 위로하기
　위해 슈베르트의 〈그대는 나의 안식〉을 불렀다는
　이야기를 들었다. 멀리서 그의 노래를 찾아 들었다.
　"그대의 빛으로 나의 눈과 마음을 채워주오"라는
　노랫말보다, 쓰다듬듯 마음을 어루만지는 선율이 내게는
　더 큰 위로를 주었다. 피아노 연주자의 신중한 타건과
　부드럽게 읊조리는 노래가 슬픔과 분노에 생채기 난
　사람들의 마음을 달래고 유족들에게 깊은 위로와 사과의
　말을 건네는 것만 같았다.
어떤 말로도 행위로도 위로할 수 없는 마음속 깊은 곳,
　음악이 있어야 할 바로 그 자리이다.

◆

슈베르트 Franz Schubert
〈그대는 나의 안식〉, Op.59 No.3 (D 776)

II

연 주 자 의

해 석
노 트

길을 잃다

"너는 바흐에서 점점 더 멀어지는 중이야. 우어텍스트
(Urtext)['초고', '원문'을 뜻하는 독일어. 여기서는 편집이
되지 않은 악보를 말한다]를 봐야지"라는 말을 들었다.
우어텍스트라니, 그럼 내가 지금 보고 있는 악보는 뭐지?
그동안 내가 연습해온 것들이 바흐가 지시한 내용이
아니었다는 말인가? 다시 악보를 찬찬히 들여다봤다.
아름답고 매력적인 기호로 빼곡한 악보.

◇ 속도: 안단테 느낌의 모데라토(Moderato quasi Andante)
◇ 주제와 표현: 메조포르테(mf: 조금 세게), 포르테(f: 세게),
   피아노(piano: 여리게), 크레셴도(Crescendo: 점점 크게),
   데크레셴도(Decrescendo: 점점 작게), 테누토(tenuto: 음을
   지긋이 누르듯이), 포코 에스프레시보(poco espressivo: 감정을
   약간 실어서), 포치시모 리테누토(pochissimo ritenuto: 약간
   늘이듯 느려지면서), 아 템포(a tempo: 다시 원래 박자로),

61

칼만도(calmando: 잦아들듯이), 돌체(dolce: 부드럽게),

스포르찬도(sforzando: 특히 강조하여), 소스테누토(sostenuto:

소리를 충분히 끌면서)

◇ 그동안 완벽하게 익히려 애쓴 손가락 번호

◇ 각종 이음줄

이 모든 악상기호가 바흐가 지시한 것이 아니라면 바흐가

원한 것은 무엇이며, 바흐의 음악이란 무엇이란 말인가.

원전과 가장 가깝게 편집했다는 악보를 찾아보았다.

바흐 협회가 1850년에 바흐 사후 100주년을 기념하고자

발행한 바흐 전집에 포함된 악보였다. 내가 가지고 있는

부조니의 편집본에 적힌 손가락 번호와 악상기호는

온데간데없고, 작곡가가 표시한 것이 확실한 음표와

이음줄만이 보였다.

편집자의 안내가 사라진 악보는 그야말로 휑했다. 연주

방식을 친절하게 지시하던 설명은 모두 빠져 있었다.

음표만 그려진 깨끗한 악보였다. 하, 이제 뭘 어떻게 하란

말인가. 엄마 곁에 꼭 붙어 가다가 갑자기 손을 놓쳐버린

기분이었다. 이제는 내가 직접 구슬을 꿰어야 하는데,

눈앞에 있는 구슬이 모두 같은 색에 같은 크기처럼 보였다.

당혹스러웠다. 뭐가 중요하고 뭐가 중요하지 않은지

도통 알 길이 없었다. 몇 번이고 다시 연주해보아도
악상기호와 지시어가 사라진 악보에서 스스로 의미를
찾아내기란 쉽지 않았다. 연주는 밋밋해지고 재미도
없어졌다. 바흐의 작품을 매력적으로 표현해내긴
어렵겠다는 생각이 들었다.

'왜 바흐는 연주하는 법을 악보에 적지 않았을까? 나는
어떻게 바흐를 연주해야 할까?' 이 질문의 답을 찾아
오랫동안 헤맸다. 여러 선생님을 만났지만, 질문에
명쾌한 답을 주는 분은 없었다. 있었더라도 아마 그 당시
내 수준으로는 이해하기 힘들었을 것이다. 그렇게 한참을
헤매는 동안 바흐를 향한 원망과 동경은 깊어만 갔다.
음악의 아버지라는 바흐는 왜 내게 이런 시련을 주는가.
답 없는 질문은 꼬리에 꼬리를 물며 점점 다른 형태로
변해갔다. 첫 질문은 단순했다. '어떻게 바흐를 연주할
것인가.' 그러다 어느 순간 질문의 대상이 바흐에서
음악으로 옮겨 갔다. '어떻게 음악을 연주할 것인가.'
그리고 '어떻게'에 대한 고민은 '무엇을 연주할까'로,
거기서 또 다시 '나는 왜 음악을 하는가'로 바뀌었다.

조르주 페렉은 "삶은 이 공간에서 다른 공간으로 옮겨
가는 것"이라고 말했다. 바흐를 목적지 삼아 시작한

여행은 하나의 질문에서 다른 질문으로 계속해서
옮겨갔다. 답을 얻지는 못하더라도 전보다 한 걸음
나아갔다는 생각이 들면 앞선 질문은 옆에 놓아둔
채 다른 질문을 떠올렸다. 질문이 쌓이는 동안에도
연주는 계속했어야 하므로 매 순간 어설픈 답이라도
내놓지 않으면 안 됐다. 모든 답이 정답이고 모든 답이
오답이었다.
다행히 이렇게 헤매는 중에도 음악은 아름답게만 느껴졌다.
길을 잃고 질문을 던지는 동안 나도 모르게 음악을 대하는
태도와 음악을 논리적으로 판단하는 법을 온몸으로
익혔다. 우연히 잊지 못할 아름다운 순간을 만들기도 했다.
음악을 하는 사람의 특권이다.
길을 잃고 헤매는 동안에도 나는 음악 안에 있었다.

음과 음 사이, 마음이 피어나는 곳

처음 바흐를 연주할 때 배운 기법은 '논-레가토'(Non-
  Legato)였다. 피아노를 배워본 사람이라면 "바흐는
  논-레가토로 연주해야 한다"는 말을 한 번쯤은 들어봤을
  것이다. 논-레가토, 레가토가 아니라는 뜻이다.
  '레가토'는 음과 음 사이를 연결하라는 뜻의 음악
  용어인데 '논'이 붙었으니 연결하지 말고 끊으라는 의미가
  된다. 처음엔 이 용어가 신선하고 특별하게 보였지만
  갈수록 온갖 해석이 가능한 선문답처럼 느껴졌다. 무엇을
  연결하고 무엇을 끊으라는 말인가. 끊어야 한다면 어느
  정도로 짧게 끊어야 한다는 뜻인가. 아니, 그보다도 대체
  왜 끊어서 연주하라는 것인가.
1970년대부터 음악계에는 옛 음악을 그 시대의 방법으로
  연주해야 한다는 '원전 연주' 붐이 일었다. 바흐를 비롯한
  바로크 음악을 낭만주의 음악과 별 차이 없이 연주하던
  관습에서 벗어나 원래의 방식을 찾아보자는 운동이었다.

관현악의 편성을 줄이거나 합창 음악의 경우 성부당
인원을 서너 명으로(극단적인 경우엔 성부당 한 명으로)
줄여서 음량의 거품을 빼고 최대한 섬세하게 표현하는
것을 목표로 삼았다. 악기 또한 작곡가 생존 당시의 형태를
그대로 복원해 그 시대의 음향을 비슷하게 재현하려
노력했다.

논-레가토는 바로크 시대의 건반악기 연주 기법 중
하나였다. 음과 음 사이에 주목하는 논-레가토의 목적은
가벼움이다. 힘이 들어가야 할 곳과 힘을 빼야 할 곳을
구분하여 힘을 줄 땐 음과 그다음 음을 연결하고, 그렇지
않을 땐 음을 가볍게 끊어서 연주하는 식이다. 문제는
어느 음에서 힘을 주고 어느 음에서 힘을 빼야 하는지
구분하기 쉽지 않다는 점이다. 중요한 음과 덜 중요한 음을
구분할 수 없는데 논-레가토라는 주법을 안들 무슨 소용이
있을까. 그래서 연주자는 편집자의 지시가 없는 매정한
악보를 보면서 스스로 화성을 연구하고, 구조와 스타일을
찾아 문제를 해결해야 한다. 숨겨진 보물 찾듯 실마리를
모아 어떻게 표현하고 싶은지, 어떤 음을 강조할지,
어디까지 한 덩어리로 묶을지, 어떤 부분이 드러나도록
연주할지 결정한다.

작곡가의 의도가 악보에 쓰여 있지 않다고 해서 연주자

마음대로 연주해도 좋다는 뜻은 물론 아니다. 바흐가 살던 당시의 연주자들에게는 너무나 당연해서 악보에 적을 필요조차 없는 규칙이 많았기 때문이다. 그 시대에는 연주 상황에 따라 사용되는 장식음만 해도 수십 종류였다. 예컨대 따로 표시가 없어도 마지막 음 바로 앞에 오는 음에는 반드시 장식음을 넣었고, 속도에 따라 다른 종류의 장식음을 사용했다. 힘을 주거나 빼야하는 곳도 암묵적으로 알고 있었다. 그래서 굳이 음표 위에 악센트(>)나 테누토(ㅡ) 기호를 표시할 필요가 없었다.

그러니 현대를 사는 연주자가 악보에 적히지 않은 당시의 방식을 이해하려면 따로 공부를 해야만 한다. 새로운 언어를 배우듯 연주 관습을 연구하고 현재 자신이 가지고 있는 악기로 재해석하는 시간이 필요한 것이다. 당대의 음악 관련 문헌을 뒤지고, 고악기를 관찰해 소리가 나는 원리와 효과를 상상하고, 연주자를 그린 옛 그림 속에 담긴 여러 요소를 분석하여 연주법에 적용해보기도 한다. 곡의 강약을 구체적으로 파악하고 싶으면 당시의 시를 읽고 춤에 대한 기록을 살펴본다. 시간의 예술인 시와 춤과 음악은 서로 많은 영향을 주고받았기 때문이다. 연구를 통해 당시의 관습을 전반적으로 이해하고 나면,

이를 바탕으로 작품을 해석하고 연주 방식을 결정한다.
음에 힘을 얼마나 싣고 뺄지, 음과 음은 어느
정도의 농도와 밀도로 연결할지 고민한다. 이렇게
음의 무게, 음과 음 사이의 농도와 밀도를 섬세하게
조절하여 소리를 연결하는 법을 결정하는 것이
아티큘레이션(articulation)이다. 논-레가토는
아티큘레이션을 실천하는 여러 기법 중 하나이다.

악보가 있다고 해서 연주자가 창의성을 발휘할 여지가
줄어들거라 생각한다면 오산이다. 바흐가 살던 시대에
비해 지시어가 많이 적혀 있는 고전, 낭만, 현대 음악도
연주자가 어떻게 해석하느냐에 따라 소리가 달라진다.
악보에 제시된 정보는 상징 기호에 불과할 뿐이다.
악보 앞에 앉은 연주자가 원하는 소리를 찾으려면
들뢰즈의 말마따나 "이집트 상형문자를 해독하는
고고학자"가 돼야 할 것이다. 작곡가가 듬성듬성하게
남겨놓은 알 듯 말 듯한 상징들 사이를 헤매다가 음과 음
사이, 비어 있는 공간에서 자신이 원하는 바를 결정하고
소리로 구현해야만 한다. 해독을 마쳤다면 결정은
연주자의 몫. 결국 상징과 상징 사이의 빈 공간에서
연주자의 창의성이 피어나는 셈이다.

틀리지 않고 음과 리듬을 연주할 수 있다면 음악에 마음을
실는 연습을 해보자. 작곡가의 의도를 모르겠다고
포기하지 말고, 내가 표현하고 싶은 것이 무엇인지
찬찬히 살펴보자. 그 마음을 음표에 싣는 연습 시간,
악보와 씨름하며 결국 내 마음을 들여다보는 고독의
시간이 쌓이면 자신의 소리에 스스로 감동하는,
눈물 나게 좋은 순간을 만나게 되기도 하니까.

초견

"자, 악보 줄게. 10분 동안 분석하고 바로 시작한다."
초견은 학생들 사이에 호불호가 극명하게 갈리는 수업이다.
어떤 학생들에게는 따로 연습할 필요 없이 악보를
즐길 수 있는 시간이고, 어떤 학생들에게는 괴롭기
그지없는 힘든 시간이다. 모든 음악 수업이 그렇지만
특히 초견 수업은 눈에 보이지 않는 능력을 키우는
신비로운 시간이기도 하다.
'초견'이란 처음 보는 악보를 바로 연주하여 원하는 만큼의
소리를 얻어내는 일을 말한다(노래의 경우 '시창'이라
한다). 예컨대 이런 경우다. 좋아하는 작곡가의 악보집을
꺼내 첫 페이지부터 주르륵 눈으로 훑다가 특별히
마음이 가는 곡을 펼친다. 어느 정도의 속도로 연주할지
가늠해보고, 혹시 중간에 템포가 바뀌는 구간은 없는지
살핀 뒤 연주를 시작한다. 곡이 마음에 들면 끝까지
연주하고, 그렇지 않으면 도중에 멈추고 다른 곡으로

페이지를 넘긴다. 원하는 음악을 듣기 위해 음반을
트는 것이 아니라 내 손으로 악보를 만지며 읽어 내려가는
초견의 감각은 서점에서 관심이 가는 책을 골라 차르륵
책장을 넘기며 읽는 일과 비슷하다.

악보를 펼치자마자 연주를 시작한다니 얼마나 신비롭고
유용한 능력인가. 초견의 목적은 남에게 좋은 연주를
들려주는 것이 아니다. 이성적 판단은 뒤로한 채 본능에
기대어 직관적으로 악보를 읽어내고 그 순간 내가
표현할 수 있는 방법으로 연주해보는 일. 고된 연습이
아니라 악보를 슬쩍 훑어보고 작품을 맛보며 즐기는 시간.
이렇게 맛만 봐도 좋은 작품이 세상에 가득하니,
초견이란 그야말로 고마운 기술이다.

본능에 기댄 기술이라 했지만, 사실 초견은 충분한 연습을
통해 악보 읽기에 익숙해지고, 다른 사람의 평가가
두렵지 않은 사람만이 누릴 수 있는 즐거움이다. 게다가
악보를 보며 중요한 음과 흘려버려도 될 음을 골라내는
차가운 머리가 필요한 일이기도 하다. 모든 음을 첫눈에
완벽하게 연주하려다가는 쏟아지는 음표 앞에서
혼란스러워질 뿐이다. 결국 직관도 지속적인 연습이
받쳐줄 때 가능한 법.

프랑스에 와서 처음으로 초견 수업을 들었다.

 '아니, 초견에 수업이 필요한가? 초견은 그냥 타고나는
 능력 아닌가? 신기하네……' 그때까지 따로 초견을
 배워본 적이 없던 나는 수업에 들어가며 의구심을
 품었다. 나의 여러 음악적 능력 중 하나가 초견이었고,
 그래서 초견을 정말 좋아하기도 한 터였다. 첫 수업
 시간, 선생님이 피아노 앞에 앉은 내게 악보를 주셨다.
 "자, 이 악보로 시작해볼까?" 늘 그래 왔듯이 악보를
 보자마자 건반으로 손을 뻗었다. 손이 건반에 닿기
 직전, 선생님이 내 팔을 잡았다. "으네, 생각 먼저 하고!
 그다음에 시작해." 아, 그래. 생각해야지. 그런데 뭘
 생각하지? 음표는 다 읽을 수 있는데 그냥 치면 안 되나?
 눈에 보이는 대로 연주하는 게 초견 아닌가?
포도주를 잔에 따라 향을 맡고 입안에 머금은 채 혀를
 굴리며 느끼는 일. 바로 마실 수도 있지만 일단 참고
 최대한 느낄 수 있는 요소들을 즐기는 시간. 선생님이
 원하는 초견은 그런 것이었다. 선생님은 악보를 처음부터
 끝까지 눈으로 훑어보고 큰 구조를 파악한 다음 연주를
 시작할 것, 음표를 하나하나 읽지 말고 화성을 파악해서
 연주할 것을 요구하셨다. 악보를 직관적으로 분석하는
 법을 알려주신 것이다. 사실 초견 수업에서는 악보를

읽으며 어느 정도 소리만 내도 대부분 만족스러워한다.
어차피 기대하는 바가 크지 않으니까. 하지만 악보를
분석한 뒤 초견을 시작하면 다른 차원의 즐거움이 펼쳐진다.
눈앞의 음표를 곧장 소리로 바꾸는 1차원적 경험에 더해,
작곡가의 생각과 의도를 즉각적으로 읽을 수 있다면
얼마나 흥분되겠는가. 그 의도를 완벽하게 구현하는 것은
초견에서 고민할 문제가 아니다. 그저 작곡가의 머릿속을
상상해보고 내가 할 수 있는 만큼 연주하면 된다.

선생님이 분석적 초견을 통해 내게 가르쳐주고 싶었던 것은
'거리 두기'였다.

악보의 음표만 읽으며 수동적으로 끌려가지 말 것.
이성적으로 분석한 결과를 소리로 표현할 것. 첫 만남이라고
해서 겁을 먹거나 함부로 단정하지 말고 모든 감각을
깨워 관찰하고 맛볼 것. 미셸 슈나이더가 말했듯이,
"사고는 세상으로부터 한발 물러서야만 가능하다"는 점을
직관적으로 표현해야 하는 순간에도 기억할 것.

연주가 완벽을 향한 끊임없는 노력과 연습으로 이루어진다면,
초견은 지적 유희와 비슷하다. 악보를 보면서 즉각적으로
느껴지는 감정선을 찾고, 손으로 연주하면서 확인한다.
즉각적이므로 정확하지 않을 수 있지만, 그 틀린 음 또한
즐겁다. 작품의 원래 의도와 어긋나는 지점, 바로 그곳에서

작곡가의 창의성을 만날 수 있기 때문이다.

고민 없이 손이 가는 대로 소리를 내면 균일한 박자와
정확한 음정을 놓치기 쉽다. 악보를 따라가다가 복잡한
구간에 이르면 적절한 운지법을 고민해야 하는데,
초견에서는 모든 음표에 적절한 손가락 번호를 찾을
시간이 없기 때문이다. 손가락이 편안하게 움직이는
곳에서는 부드러운 소리가 나지만, 그렇지 않은 곳에서는
어색한 소리가 나기 마련이다.

사르트르가 쇼팽을 연주하는 영상을 보면 그가 초견을
즐기는 연주자였으리라 짐작하게 된다. 연주의 목적이
작곡가의 정신을 탁월하게 구현하는 것이 아니라,
내가 이 곡을 이런 식으로 생각한다는 것을 보여주는 데
있다는 느낌. 그가 악보를 처음 보자마자 연주했다고는
생각하지 않는다. 오랫동안 피아노를 쳐왔고 쇼팽을
무척이나 사랑했던 철학자가 생전 처음 보는 악보를 들고
타인 앞에 서진 않았을 테니 말이다. 하지만 그의 연주는
초견 수준에 머물러 있다. 작곡가의 의도를 완벽하게
소화해서 연주하는 것은 전문 음악가가 할 일이지
철학자인 자신이 할 일은 아니라고 생각했던 걸까?
그의 손가락은 규칙적으로 고르게 움직이진 않지만,
그가 내는 피아노 소리는 더없이 민감하고 섬세하다.

그리고 자신이 이해한 것, 자신에게 익숙한 것만큼은 절대
그냥 흘려보내지 않는다.

사르트르는 음악을 관조하며 차분하게 건반을 쓰다듬듯
연주한다. 그가 만들어내는 소리의 울림은 그 어떤
전문 음악가의 연주 못지않게 깊고 풍부하다. 아니,
음이 사라지는 순간을 견디지 못하는 혈기 넘치는 젊은
음악학도는 낼 수 없는 소리다. 음표에 절대 끌려가지
않겠다는 듯 허리를 곧추 세운 채 피아노 건반을 완벽하게
장악하고자 하는 사르트르와 그 옆에 어색하게 서서 다른
악보에 눈길을 주고 있는 그의 딸 아를레트의 모습이
화면을 메우는 동안에는 그들에게 시선을 빼앗겨 소리가
잘 들리지 않는다. 카메라가 시선을 돌려 책상을 비추면
그제야 사르트르의 피아노 소리가 온전히 들리는데,
거기에는 쇼팽이 아닌 사르트르가 있다. 소리를 보고
느끼고 피아노로 실어 보내되 음의 끝을 그냥 버리지 않는,
사르트르의 생각이 고스란히 드러나는 푹석한 연주.
그 소리가 듣는 이의 생각 속으로 침투한다.

◆

쇼팽 Frédéric Chopin

〈녹턴〉, G단조, Op.15 No.3

삶을 듣는 순간

파스칼 키냐르의 책 『세상의 모든 아침』에서 자신을
제자로 받아달라 청하는 마랭 마레에게 생트 콜롱브는
이렇게 말하며 거절한다. "당신은 음악을 합니다.
하지만 음악가는 아니에요." 실력이 그리 나쁘지 않다고
자부하던 젊은이에게 당신은 음악가가 아니니 제자로
받아들일 수 없다는 말은 엄청난 충격이었으리라.
화려한 테크닉으로 어려운 곡을 손쉽게 연주할 수
있으니 훌륭한 음악 연주자라고 생각할 법도 한데, 생트
콜롱브는 그 너머의 무언가를 듣고 있던 것이 틀림없다.
'음악을 한다'(faire la musique)는 것과 '음악가'(être
musicien)에는 어떤 차이가 있을까? 악보를 읽고,
악보에 적힌 음표를 악기로 듣기 좋게 연주할 수 있다면
원하는 바에 도달한 것이 아닌가? 대체 나는 왜 음악가가
아니라는 말인가. 마랭 마레는 생각하고 또 생각했을
것이다.

음악을 배운다는 말에는 악보 읽기와 악기 다루기는 물론
  형식, 화성, 리듬 등 여러 가지 음악 언어를 학습한다는
  복합적인 의미가 담겨 있다. 음악을 처음 배울 때는 악보도
  생소하고 악기를 다루기도 어려우니 자기 몸의 물리적
  한계를 탓하게 된다. 이런 단계에서 벗어난다고 해도
  고민이 끝나는 건 아니다. 오히려 진정한 고민이 시작된다.
  악보도 읽히고 악기로 소리를 내는 법에도 익숙해졌는데
  도대체 무엇을 어떻게 표현해야 할지 모르는 상태를
  경험하는 시기다. 선생님이 이런 구체적인 부분까지
  지도하는 경우는 흔치 않은데, 설사 알려준다 해도 나
  자신의 생각이 아닌 선생님의 생각을 따라 하는 데 그칠
  뿐이다.
이런 상황에 부닥치면 방법이 없다. 스스로 길을 찾아
  나서는 수밖에. 일단 악보를 차근차근 훑어보며 작품의
  윤곽을 파악하고, 전체 구조를 살피고, 곡을 부분으로
  나누어 본다. 대부분의 음악 작품에는 반복부가
  등장하므로, 먼저 반복되는 부분이 있는지 확인하는
  것도 한 방법이다. 작곡가가 자신이 어떤 구조로 작품을
  썼는지 제목에서 힌트를 주는 경우도 있다. 소나타,
  론도, 푸가 같은 음악 용어가 제목에 들어간다면, 해당
  용어를 공부하고 그 형식에 따라 작품을 나누어보는 것이

도움이 된다. 처음에는 쉽지 않을 것이므로 음악을
좀 더 오래 공부해온 사람에게 도움을 구해 나의
분석법을 발전시키는 것이 좋다.

형식이라는 틀로 작품의 구조 혹은 윤곽을 파악했다면,
작곡가가 완성한 건축물에 한 걸음 다가갔다고 볼 수
있다. 이제는 작곡가가 마련해놓은 재료들을 살펴볼
차례다. 제일 먼저 눈에 들어오는 것을 찾는다.
선율인가, 리듬인가, 화성인가? 선율이라면 조성 안에서
노래하고 있는가, 그렇지 않은가? 조성 안에 있다면
특정 음이 반복적으로 나오지는 않는가? 음이
순차적으로 움직이는가, 그렇지 않은가? 리듬이 먼저
눈에 들어온다면, 그 이유는 무엇인가? 화성이 특별히
눈에 띈다면, 그건 왜일까? 내가 잘 아는 화성인가,
모르는 화성인가? 이처럼 스스로 생각해봐야 할
요소가 여럿 있다. 이 정도의 질문도 없이 곧장 음악을
연습하기 시작하면 음표의 노예가 될 수밖에 없다.
악보대로 연주하는가 아닌가로 판단받는 연주 기계가
되어버리는 셈이다.

이런 과정을 통해 작곡가의 의도를 조금씩 이해할 수 있게
되었다면 음악을 몸에 익히는 연습을 시작한다. 머리로
악보를 읽는다고 해서 생각한 대로 음악을 연주할 수

있는 것은 아니기 때문이다. 이해하는 즉시 실행할 수 있는
분야와 달리, 음악은 이해에서 실행까지 시간이 걸린다.
음악이 머리에서 몸으로 내려오는 동안 우리의 삶이
음표에 스밀 것이다. 더디더라도 조급해할 필요는 없다.
천천히 자신에게 다가오는 음악을 음미하며 연주하는
이들의 소리는 더없이 흥미로우므로. 우리는 모두
다르게 생겼고, 다른 성격을 가졌으며, 다른 삶을 산다.
곁눈질하지 않고 자신만의 시간에 충분히 집중한다면
작곡가의 생각은 나의 색채를 입은 소리로 되살아난다.
생트 콜롱브는 자신의 테크닉에 도취해 있던 마랭 마레에게
무엇을 어떻게 느껴야 하는지부터 새롭게 가르친다.
눈보라 치는 어느 추운 밤, 마레와 함께 길을 나선
콜롱브는 세차게 몰아치는 바람에 맞서며 '쿵ー쿵ー'
힘겹고 무겁게 발걸음을 옮긴다. 그는 마레에게 이 소리를
기억하라고, 당신이 연주하려는 아리아는 이렇게 음을
끊어서 연주해야 한다고 말한다.
음을 끊어서 연주하라고 말하기는 쉽다. 하지만 어떻게,
어느 정도의 강도로 연주해야 하는지, 음은 어떤 느낌으로
끝내야 하는지, 음과 음은 어느 정도의 간격을 두어야
하는지, 왜 그래야 하는지 설명하기란 쉽지 않다. 결국
자신의 경험과 감각을 되짚어 보고, 그것을 연주하는

몸에 적용하는 수밖에 없다. 음악을 연주하는 사람들이
삶을 그냥 흘려보내지 못하는 이유다. 무르익은 봄밤
부드러운 달빛 아래에서 빛을 뿜어내는 꽃망울을 본
사람, 사랑하는 이 앞에서 두근거려본 사람은 슈만의
〈봄밤〉(Frühlingsnacht)을 어떤 느낌으로 연주해야
하는지 직관적으로 안다. 깊은 슬픔에 잠겨 눈물을
떨구어본 사람은 〈저 노래가 들려오면〉(Hör' ich das
Liedchen klingen)에서 피아노 마지막 음을 어느 순간에
어떤 색채로 내려놓아야 하는지 안다.
생트 콜롱브가 말하는 '음악가'는 음악으로 먹고사는
사람을 뜻하지 않는다. 음악으로 사고하며 삶을, 감정을
음악이라는 언어로 표현하는 사람이다. 일상의 경험을
소리로 옮기는 과정에서 자신의 삶을 낱낱이 살피고
되새기는 사람이다. 한 음 한 음을 우리 각자에게
의미 있는 음악으로 만들어낸다. 그리고 이렇게 음악에
스민 누군가의 삶이 우리가 듣고 싶은 음악이다.

◆

슈만 Robert Schumann
《가곡집》중 〈봄밤〉, Op.39 No.12
《시인의 사랑》중 〈저 노래가 들려오면〉, Op.48 No.10

앙상블, 타인은 음악이다

무대 위에서 연주자들이 눈빛을 주고받을 때 느껴지는 묘한
　희열이 있다. 말로 표현할 필요 없이 숨소리와 눈빛으로
　은밀하게 소통하는 순간, 소리를 주고받을 때와는 다른
　차원의 즐거움이 더해진다. 앙상블 연주의 묘미다.
음악은 언어다. 소리로 마음을 주고받는 언어. 언어로
　소통할 때 화자와 청자가 있듯이, 음악에도 메시지를
　전달하는 사람과 그것을 받는 사람이 있다. 독주의
　경우 '연주자는 화자, 관객은 청자' 구도처럼 보이지만,
　민감한 연주자는 연주장에 흐르는 공기로 청중의 반응을
　미세하게 감지하고 그에 반응하기도 하므로 연주자가
　청자, 관객이 화자가 되기도 한다. 관객이 입을 꾹 다문 채
　듣기만 하는 것처럼 보인다 해도, 그들이 내뿜는 공기와
　분위기처럼 솔직하고 강력한 의사 표현도 없다.
이처럼 연주자와 외부 관객 사이에서 이루어지는 소통이
　있는가 하면, 음악 내부에서 각 성부 간에 이루어지는

대화도 있다. 독주자는 무대 위에서 홀로 여러 화자의
언어를 표현하며 그들 간의 대화를 소리로 이끌어내고,
앙상블은 독주자가 혼자 구성하던 대화를 연주자들 간의
소통으로 이끈다. 연주자마다 다른 성격과 호흡이 얽히고
겹치면서 음악은 더욱더 풍성해진다. 서로 다른 목소리를
내지만 그렇기에 더 아름답고 입체적인 음악이 되는
것이다.

서로 다른 소리를 내도 아름다울 수 있다는 것은 음악이
가진 독특한 매력이다. 삶에서는 이질적인 무언가를
포용하기가 쉽지 않다. 우리는 항상 같은 소리를 내야
하며, 남과 다른 의견은 좋지 않은 것이라고 암묵적으로
배워왔기 때문이다. 효율성을 중시하는 사회에서는 모두가
한목소리를 내는 것이 미덕이다. 하지만 음악에서는
그렇지 않다.

앙상블을 할 때 기억해야 할 몇 가지 중요한 점이 있다.
먼저 악보를 읽으면서 나의 역할이 무엇인지 정확하게
파악해야 한다. 내가 지금 주선율을 연주하고 있는지,
주선율을 보조해야 하는지, 그 선율과 대등하게 대화를
주고받아야 하는지, 앙상블의 일부로서 나의 역할을
가늠하고 그에 맞는 연주 방법을 찾는 것이다. 자신이

주인공이 되는 주선율을 연주하는 것도 멋지지만,
나를 드러내지 않으면서 주선율이 빛나도록 받쳐주는
소리가 얼마나 강력한 매력을 가졌는지 알게 되면
또 다른 차원의 즐거움을 느낄 수 있다. 존재감이 강한
주인공보다는 전체의 균형과 색채를 조율하며 타인의
매력을 돋보이게 하는 조연의 자리. 은밀하게 상황을
조정하는 재미가 있는 역할이다.

그다음은 함께 연주하는 이들에게 적극적으로 귀를
기울여야 한다. 음악에서 청각은 시각보다 훨씬 큰
힘을 발휘한다. 듣기가 얼마나 강렬한 감각인지 음악을
하면 생생하게 체험할 수 있다. 노력하지 않으면 쉽게
익힐 수 없는 능력이기도 하다. 더군다나 앙상블은
내 연주를 하면서 타인의 소리를 들어야 하는 고난도의
듣기 능력까지 요구한다. 감상자로서 듣기만 할 땐 알 수
없지만, 앙상블을 연주하면 듣기 실력이 적나라하게
드러난다. 달콤하면서도 살벌한 순간이다. 타인의 말을
주의 깊게 들으면서 계속 질문을 던져야 하는 인터뷰어와
비교할 수 있지 않을까? 최선을 다해 듣지 않는다면
뒤따르는 질문은 생기도 의미도 잃고, 대화는 뚝뚝
끊길 테니 말이다.

음이 지나가는 짧은 순간에 상대가 의도하는 바를

파악하고, 그에 적절한 나의 반응을 결정해 실행에 옮긴다. 앙상블에서는 듣는 이가 나 혼자만 있지 않다. 다른 연주자도 나를 듣는다. 내가 듣는 타인의 소리와 타인이 귀 기울이는 나의 소리가 어우러져 만들어내는 음향은 축제와 같다. 부드럽게 서로를 어루만지다가 불꽃 튀는 공격을 하기도 한다. 시작하고 끝내는 타이밍을 공유하고, 각자의 세계를 펼치기도 하는데, 공감각적이고 복잡다단한 이 모든 작업을 듬성하고 애매한 말로 순식간에 전달하기란 불가능하다. 그저 호흡 한 번으로, 소리의 시작과 끝으로, 음과 침묵으로 빚어내는 농도의 변화로 상대에게 원하는 바를 전달하고 즉각적으로 서로 알아채는 것이다.

마지막으로 중요한 한 가지는 자기 확신이다. 타인의 소리를 듣고 유연하게 대처하는 능력은 스스로에 대한 확신이 없으면 불가능하다. 남의 소리를 따라가기만 해서는 자기 몫을 제대로 해내기 힘들다. 자신의 역할과 존재 이유를 깊이 이해하지 못하는 연주자는 다른 연주자에게 폐가 될 뿐 아니라 곡의 완성도를 떨어뜨리는 주범이다. 혼자 연주할 때는 나의 존재가 타인에게 영향을 미친다는 생각을 잘 하지 않지만, 타인과 함께 연주할 때는 다르다. 의미 있는 존재로 나를 단단하게, 무겁게 드러낼 줄 알아야 한다. 그러려면 더 많은 연습이 필요하다. 타인의 시선에 휘청거리지 않고 버틸 수 있도록, 그래서 내가 원하는 나의 목소리로 타인과 소통할 수 있도록 악보를 완벽하게 익혀두어야 한다. 내 소리만 들리도록 욕심내면 음악은 깨진다.

나의 역할을 철저하게 분석해서 내가 드러나야 할 부분과 남이 드러나야 할 부분을 머릿속에 정확히 새겨두어야만 입체적인 연주가 비로소 가능해진다.

앙상블 연주를 하면 가끔 역설적인 상황에 부딪친다. 연주자들끼리 사이가 좋아서 음악의 맛이 사라져 버리는 경우다. 한 유명 앙상블 단체는 해외 연주를 위해 비행기를 탈 때 서로 멀리 떨어져 앉을 정도로 사이가 좋지 않다는 소문을 들은 적이 있다. 앙상블 연주 실력과 단원들의 친밀도가 반비례한다는 뜻은 아니다. 하지만 연주자들끼리 사이가 좋을 때 오히려 연주의 질이 떨어지는 경우가 종종 있다. 사이가 좋다는 것은 누군가 자신의 의견을 제대로 내지 못하고 감출 수 있다는 뜻이기 때문이다. 혹은 주도적으로 아이디어를 내는 사람이 있고 나머지는 그에게 묻어가기를 바라며 생각을 게을리하는 경우일 수도 있다. 이럴 때 음악은

비슷한 색채를 내며 적당히 섞일지는 몰라도 독특한 맛은
기대하기 어려워진다.

음악에 화합과 평화만 존재하지는 않기 때문이다. 서로
다른 소리로 첨예하게 대립하거나 자신이 맡은 부분을
다른 연주자들과 완전히 다른 방식으로 표현해야 할 때도
있다. 음 하나하나에 의미를 담아 표현하는 음악에서는
앙상블 중 누군가가 조금 낫다고 해서 다른 이들의 연주
방식까지 결정할 수는 없다. 한 사람을 중심으로 돌아가는
앙상블은 음과 박자는 제대로 맞추겠지만 연주자 개개인의
표현에 한계가 올 수밖에 없기 때문이다. 다들 적당히
괜찮은 연주를 하지만 밋밋하고 매력 없는 음악이 되는
것이다. 다른 의견을 내는 용기와 그로 인한 갈등까지도
음악의 재료로 탁월하게 쓸 때, 악보를 넘어서는 미세하고
다채로운 감정을 표현할 수 있다. 음악이 화합의 상징인
까닭은 모두 한목소리로, 한 가지 방법으로 노래해서가
아니다. 서로의 다름이 다양한 방법으로 어울리기
때문이다.

하지만 삶은 다르다. 상대를 예측할 수 없고, 준비되지 않은
상황이 이어지며, 내가 뱉은 말에는 항상 부담스러운
책임이 따른다. 나를 제대로 표현하거나 다른 이의
말에 귀를 기울일 여력이 없어서 거칠고 성의 없는 말로

상처를 준다. 아름다운 대화는커녕 아무 의미 없는 말만
습관처럼 주고받는 관계가 부지기수다. 어쩌겠는가,
일상은 즉흥연주인 것을.
즉흥연주도 결국 연습으로 완성된다. 패턴과 형식을
연습해 새로운 주제가 주어질 때마다 그에 맞게 적절히
변형하는 것, 포기하고 넘길 순간도 잘 알아보는 것이
즉흥연주의 묘미 아닌가. 앙상블 음악을 통해 나와
다름을 포용하고, 상대에게 귀기울이는 연습을 하다 보면
즉흥연주 같은 삶에도 희망이 있지 않을까.

차갑게 반복되는 피아노의 스타카토 화성이 작품의 문을
열면, 그 위로 첼로가 활강하듯 노래를 시작한다. 첼로의
횡적인 연주에 홀려 피아노가 수직적인 냉정함을
잃는다면 가로와 세로의 완벽한 균형은 깨져버린다.
첼로가 더욱 드라마틱하게 노래할 수 있도록, 피아노는
얼음장 같은 긴장감을 최대한 유지해야 한다. 바이올린이
합류해 첼로와 대화를 이어가는 동안에도 피아노가
휩쓸리지 않고 자신의 위치를 지킬 때 깊은 공간감이
생긴다. 슈베르트의 투명함은 여기에서 온다. 슈베르트의
〈피아노 트리오 2번 2악장〉. 세 악기가 각자의 자리에서
긴장을 놓지 않고 흔들림 없이 연주함으로써 소리의

공간감을 만들어내는 곡이다. 각자의 공간을 유지하면서 대화를 주고받을 때, 그러다 어느 순간 허물어져 서로 얽힐 때, 작곡가의 예술성은 극대화된다. 흔들리지 않는 스타카토가 주는 긴장감과 드라마틱하게 유영하는 선율 사이에서 듣는 이의 심장도 함께 뛴다.

앙상블은 타인을 통해 음악 세계를 확장한다. 나의 세계와 타인의 세계가 부딪쳐 깨질 때 마음을 열면 무한히 확장하는 세계를 맛볼 수 있다. 타인은 지옥이라 했던가? 앙상블에서 타인은 내가 보지 못하는 저 너머의 세계를 가져다주는 선물 같은 존재다. 타인은 또 다른 음악이다.

◆

슈베르트 Franz Schubert

〈피아노 트리오 2번〉, E♭장조, 2악장 안단테 콘 모토, D 929

90

우리는 음악으로 무엇을 듣는가

피아노를 위한 〈환상곡〉을 작곡했을 때, 스물여섯 살의
　청년 슈만은 클라라를 향한 사랑으로 깊은 절망에 빠져
　있었다. 그래서 자신의 작품 여기저기에 클라라를
　상징하는 요소를 비밀스럽게 숨겨 놓았다. 그가 숨긴
　상징들은 클라라를 향한 고백이었을까? 슈만은 음악으로
　사랑을 말하고 싶었을까, 고통을 말하고 싶었을까?
환상곡의 조성은 'C장조'다. C음과 오른손 선율에서
　반복되는 A음은 연인이었던 클라라를 상징한다.
　클라라(Clara)의 이름 첫 글자 'C'는 '도'를 뜻하고,
　이름에 두 번이나 나오는 'A'는 '라' 음을 뜻하기
　때문이다. '라-라-라'로 시작하는 멜로디를 듣는 순간,
　다른 사람은 몰라도 클라라는 자신을 부르는 슈만의
　외침을 틀림없이 눈치챘으리라.
연인을 향한 사랑의 마음이 담긴 곡이지만 슈만의
　〈환상곡〉은 전혀 부드럽지도 밝지도 사랑스럽지도

않다. 그보다는 어둡고 음울하다. 클라라를 상징하는
C장조로 쓰였지만 열두 페이지나 되는 1악장에서 조성을
이루는 으뜸화음 '도-미-솔'이 등장하는 부분은 마지막
페이지뿐이다. 그마저도 이내 손가락 사이로 빠져나가서
다른 음들 사이를 헤매다가 마지막 두 마디에 이르러서야
C장조 화음이 느리고 여리게 나타났다가 다시 꿈결처럼
사라진다.

13분이 넘도록 이어지는 1악장 내내 안타까울 정도로
클라라(라-라-라 선율)를 부르다 마지막에 이르러서야
겨우 한 번 완성되는 온전한 C장조 화음은 클라라를
향한 사랑으로 절망 끝에 놓인 슈만의 한숨처럼 깊게
내려앉는다. 꿈에서 어렴풋이 본 클라라의 뒷모습처럼
희미하게 들린다. 극도로 예민했던 예술가 슈만은 이룰 수
없는 사랑의 슬픔을 인간 내면 깊은 곳에 자리한 삶의
본질적 고뇌로 표현했다.

이 작품을 연주한 수많은 피아니스트가 있지만, 슈만의
절망감을 자신의 소리로 완벽하게 재현한 스뱌토슬라브
리흐테르의 연주는 특히 우리의 마음을 끌어당긴다.
리흐테르는 슈만이 쌓아올린 겹겹의 층위를 그 무게와
중요도에 따라 완벽하게 해체하고 분류해 음악 속에

숨겨진 클라라를 찾는다. 때로는 울부짖듯, 때로는
부드럽게 달래듯 슈만의 절망을 끌어내며, 자칫 까다롭고
화려한 테크닉에 가려질 수 있는 순간순간의 조각난
고통을 한 소절도 놓치지 않는다.

슈만의 고통은 리흐테르의 고통과 닿아 있다. 20세기 초에
태어나 격변하는 역사를 몸으로 겪어야 했던 피아니스트
리흐테르는 슈만의 아픔을 흘려버릴 수 없었다. 그는
음악을 있어도 그만 없어도 그만인 아름다운 장식품처럼
연주하지 않았다. 그에게 연주는 온전히 자신의 내면으로
침잠하는 시간이었기 때문이다. 1980년부터 그의 무대는
피아노 건반을 엷게 비추는 조명을 제외하고는 암흑처럼
어두웠다고, 리흐테르의 전기를 쓴 다큐멘터리 감독
브뤼노 몽생종은 전한다. 리흐테르는 무대의 조명 아래
드러나는 것이 깊은 내면이기를, 다른 어느 것도 아닌
음악이기를 원했다.

리흐테르가 내면의 고통과 조우할 때, 청중은 그와 함께
심연으로 내려간다. 리흐테르가 최선을 다해 읽어내는
슈만의 음악이 우리를 내면 가장 깊은 곳으로 이끈다.
슈만의 마음이 리흐테르에게로 흘러들고, 리흐테르가
마음을 다해 입체적으로 살려낸 소리가 우리에게로
흘러들어 각자의 고통과 공명하는 것이다. 우리의 슬픔을

어루만지는 음악의 힘으로.

음악은, 덜덜 떨리고 불타는 손으로 망설이는 우리의 손을
잡고, 귀와 시간의 감각을 통해 모든 차원의 공간을
속속들이 경험하게 한다고 폴 클로델은 말했다. 그 세계의
끝에 오르페우스를 비롯한 모든 예술가가 천착하는
근원적 슬픔이 있다. 음악은 이 슬픔이 우리 마음에 흐르게
한다. 시는 단어로 슬픔을 묘사하고 설명한다. 음악은
다르다. 슬픔을 설명하는 것이 아니라 슬픔 그 자체를
전한다.

마음속으로 흘러드는 음악을 맞이하며 청중은 새로운
차원의 세계를 경험한다. 잠시 머뭇거리다가 곧 음악에
마음을 빼앗겨 때로는 위로를, 때로는 안식을, 때로는
격정을, 때로는 끝없는 절망을 느낀다. 이 모든 감정은
청중 각자의 경험과 결합하고 잊을 수 없는 창조적
순간을 기억에 남긴다. 그렇게 음악은 우리의 상처를
봉합한다. 그래서 음악을 들을 때마다 마음이 욱신거리고
눈물이 나는 건지도 모르겠다.

슈만을 듣고 싶을 때 리흐테르의 연주를 찾게 되는 이유가
있다. 내면으로 침잠하는 연주를 들으면 나도 그를
믿고 내면 깊은 곳으로 향할 수 있기 때문이다. 오로지

기교만을 드러내는 화려한 연주는 듣는 사람을 음악
밖으로 밀어낸다. 내가 원하는 건 연주자와 함께
심연으로 가라앉는 것이다. 그가 마주한 근원적 슬픔에
동참하는 것이다.

"상처는 지속하지만, 기교는 소멸한다."(이성복,『이성복
아포리즘』)

◆

슈만 Robert Schumann

〈환상곡 C장조〉, 1악장, Op.17

은유, 여행의 시작

악보는 기호다.

평면 악보에 쓰인 흑백 기호가 물리적 소리로 구현되기
　위해서는 여러 단계가 필요하다. 악기를 연주하는
　사람은 일단 악보에서 음과 그 길이를 읽을 줄 알아야
　하고, 작곡가가 기호 뒤에 감춰놓은 의미를 악기로
　표현할 수 있어야 한다. 이렇게 글로 쓰면 간단해
　보이지만, 악보라는 기호는 너무나 성글어서 연주자는
　온갖 상상력을 발휘하여 악보의 빈 곳을 채우며 최종적인
　소리를 만들어야만 한다. 연주자의 모든 사사로운 결정이
　소리에 투영된다는 뜻이다.

악보에는 음높이, 음의 길이, 음의 세기, 연주 방법(강세나
　이음줄을 비롯한 작곡가의 언어적 지시), 속도 등이 적혀
　있다.. 하지만 구체적으로 어느 정도의 강도와 무게로,
　어떤 맥락에서 그 음을 이해하고 연주해야 하는지에 대한
　설명은 찾아볼 수 없다. 어떤 악보를 마주하든, 연주자는

주어진 정보를 자기만의 방식으로 해석하여 연주하기
마련이다. 그러니 같은 곡이라 해도 동일한 연주는 있을 수
없다. 우린 모두 다르고, 각자의 이야기가 있기 때문이다.

어떻게 나의 이야기를 음악에 담을 수 있을까? 새로운 작품을
준비할 때는 먼저 악보를 처음부터 끝까지 훑어본 뒤,
조금씩 나누어 연습을 시작한다. 기본 음정과 박자를
익힌 다음에는 악보의 기호를 나의 언어로 해석하는
시간이 필요하다. 이때 작곡가의 생각을 깊이 이해하기
위해 악보의 음들을 해체하고 조합하는 과정을 몇 번이고
반복하는데, 손가락이 마음만큼 빠르게 움직이지 않는
경우 시간이 아주 오래 걸릴 수도 있다. 사실 나중을
생각한다면 느린 손가락이 차라리 나을 수도 있다.
해체하고 조합하는 과정을 너무 빠르게 진행하면 나중에
놓친 것들을 찾기 위해 다시 이 과정을 반복하느라
시간이 더 걸릴 수 있기 때문이다. 서둘러 지나온 길의
풍경은 금세 잊히기 마련이니까. 손가락이 쉽게 굴러갈
때는 경고등을 켜야 한다. 쉽다고 가벼이 넘기지 않도록
모든 것을 충분히 살피고 상상할 필요가 있다.
글렌 굴드는 이 시간을 각별하게 여겼다. 굴드에게는
음악을 연주하기 전 자신에게 집중하는 시간, 어렴풋하고

추상적인 무언가가 구체화되어 손으로 스며들기를
기다리는 고요한 시간이 무엇보다도 중요했다. 그래서
최대한 피아노에서 멀리 떨어져 있으려 노력했다.
손가락을 움직이면 정신 집중에 방해가 될까 봐 연습
시간도 줄였다고 한다. 이러한 고독의 시간을 거친
굴드의 연주는 한 음 한 음 허투루 내는 소리가 없다.
그 소리는 자신의 존재 의미와 목적을 완벽하게 이해한
생명체처럼 움직이며 마치 눈으로 음악을 듣는 것처럼
채색된 악보를 펼쳐 놓는다.

해체와 조합의 시간. 굴드처럼 모든 작업을 머릿속에서
완성할 수 없는 우리는 악기 앞에서 최대한 시간을 보낼
수밖에 없다. 분해하고, 깨진 조각을 살피고, 맥락을
이해하고, 다시 연결하고, 균형을 잡고, 각 조각의 의미를
파악한다. 얼마나 오랜 시간이 걸리는지는 사람마다
다르다. 중요한 것은 이 시간에 연주자는 혼자여야
한다는 점이다. 굴드가 1964년 토론토 왕립 음악원의
젊은 음악도들에게 남긴 말처럼, 철저히 혼자가 되어
은혜로운 고독의 시간을 즐겨야만 한다.

이 시간은 음악을 연습하는 과정 가운데 상상력이 가장
활발하게 피어나는 시간이기도 하다. 작곡가의 의도를
파악하고 내가 좋아하는 도구로 어떻게 표현할지를

궁리하는 시간. 주어진 모든 재료를 늘어놓고 가장
어울리는 조합을 찾는 시간. 안타깝게도 그 재료들은
눈으로 볼 수 없다. 악보에 쓰여 있지도 않다. 그것은
소리의 강도(세게, 여리게, 혹은 그 중간 어디쯤)나 소리와
소리의 연결(완벽에 가까운 연결, 느슨한 연결, 혹은
끊김)이 될 수도 있고, 때로는 소리의 색채(채도가 높은
밝고 명료한 소리, 짙은 안개가 낀 듯 먹먹하고 어두운
소리, 물이 많이 섞인 수채화처럼 투명한 소리)가 되기도
한다. 소리는 어느 음에 무게를 얼마만큼 싣느냐(무게가
실리는 음과 무게가 실리지 않는 음이 있고, 무겁고 가벼운
정도는 무한하다)에 따라 다양한 차원의 조합이 가능하다.
이 무수한 선택지를 팔레트 위에 펼쳐놓으면, 근본적인
고민이 시작된다. 나는 무엇을 표현하고 싶은가? 내가
원하는 것은 무엇인가?
선생님이 있으면 편하다. 나를 대신해 선택해주니까.
그건 맞고, 이건 틀려요. 이렇게 해요. 이게 나아요.
훨씬 듣기 좋군요. 그렇게 하려면 이런 연습을 해봐요.
맞아요, 그렇게 하면 돼요. 아니죠, 그렇게 하면 안 돼요.
다시 연습해요.
어쩔 수 없다. 자신이 원하는 것이 무엇인지 알기 전까지는,
또 원하는 바를 설득력 있게 전달할 수 있기까지는 도움이

필요하니까. 하지만 조언자의 역할에도 한계가 있음을 기억해야 한다. 선생님은 내가 아니며, 선생님의 조언은 그의 인생이 담긴 그만의 음악이기 때문이다. 더군다나 내가 그 곡을 연주하고 있는 시점에 선생님은 그 곡을 연주하고 있지 않다. 작품 안에 들어가 있는 것은 나이지 선생님이 아니다. 선생님이 만졌던 음악의 '살'과 내가 지금 만지고 있는 음악의 '살'은 다르다.

내가 원하는 음악, 나의 이야기가 담긴 음악을 연주하고 싶다면 계속해서 실수하며 탐색해봐야 한다. 전에는 경험해보지 못한 찢어질 듯한 큰 소리와 거친 소리를, 반대로 거의 들리지 않는 희미하게 스러지는 소리를 내보아야 한다. 음의 연결을 연습할 때도 소리가 완전히 겹치도록 연주하거나 극단적으로 짧은 스타카토로 끊어서 연주해보거나 공기의 울림을 이용해 두 음을 연결하는 등 표현의 스펙트럼을 넓혀봐야 한다. 그러고 나면 그 안에서 내가 원하는 것을 찾을 수 있다. 아니, 찾지 못할 수도 있다. 하지만 길을 잃어봐야 나의 위치를 가늠할 수 있다는 점을 잊지 말자. 꾸준히 연습하다 보면, 어느 순간 어색하고 모자란 내가 조금씩 허물어진다. 그리고 기교의 한계에 갇혀 고민하던 주체가 조금씩,

아주 조금씩 음악 안으로 녹아들어 잡다한 질문이
사그라드는 시기가 온다.

"무엇이 보이는가?"

"벌판요……."

"그래, 벌판이 보일 테지. 그러나 너도 잘 알겠지만, 태양의
위치에 따라, 하늘의 빛깔에 따라, 하루의 시각에 따라, 한 해의
계절에 따라 저 벌판은 너에게 시시각각으로 달라 보이면서
갖가지 느낌을 부추길 것이다. (……) 네가 벌판이 어떠냐는 나의
물음에, 아름답네요, 이렇게만 대답한다면 너는 그저 나도 알고
있는 것을 말했을 뿐, 아무것도 한 것이 없다. 그러나 만일에,
벌판이 웃네요, 했다면 너는 나에게 대지를 살아 있는 것으로
내게 보여준 셈이 된다. 그러면 나도 사람의 얼굴을 볼 때마다,
벌판에서 내가 알아낸 우아한 눈길로 볼 수 있게 된다. 이것이
무엇이냐? 만물이 지닌 최고의 진면목을 알게 하는 귀띔……,
은유라는 것이다."

— 움베르토 에코, 『전날의 섬』

악보에 쓰인 흑백의 콩나물 기호를 내가 생각하는 방식으로
  해석하여 나의 내면과 연결하는 음악 연습은 일종의
  은유와 같다. 언어로는 자신의 마음을 선택적으로 표현할

수밖에 없지만, 음악은 깊은 샘처럼 연주하는 사람의 마음을 있는 그대로 비춘다. 그래서 연주자는 자신의 마음을 더욱 정교하게 표현하기 위해 기교를 다듬고, 자신의 허물이 최대한 사라지기를 기다린다. 청중은 연주자가 겸손하게 만들어 낸 샘의 표면에 잊고 있던 자신의 마음이 조용히 떠오르는 것을 알아챈다. 악보에서 마음까지 곧장 달려가는 음악의 은유 덕분이다.

흐 르 는
시 간 에 서

음 표 를

건 져 올 리 는

법

메트로놈과 시간의 윤곽선

연주를 시작하기 전에 꼭 하는 일이 있다. 내 호흡을
　연주할 곡의 박자에 맞춘다. 하나-둘-셋-넷, 혹은
　하나-둘-셋, 마음속으로 숫자를 세며 템포를 정하고
　연주를 시작한다. 처음에 결정한 템포를 연주 내내
　변함없이 끌고 가기란 그리 쉬운 일이 아니다. 손과
　마음이 가는 대로 자유롭게 풀어지고 싶은 욕망과
　계속해서 씨름해야 하기 때문이다. 그래서 연주자들은
　음악의 항상성(恒常性), 즉 일정한 속도를 유지하면서도
　충분히 자유로울 수 있게끔 '시간'을 다루는 방법을
　연습한다.
음악에 시간의 힘을 불어넣는 중요한 장치가 있으니,
　바로 메트로놈이다. 연주자가 원하는 바를 표현하는 데
　집중하다 보면 자신도 모르는 새에 속도가 느려지거나
　빨라져서 규칙적인 박자에서 벗어나게 마련이다.
　이때 메트로놈은 연주자가 느끼는 상대적인 속도감을

객관적으로 확인할 수 있도록 도와주는 선생님이 된다. 연습을 하다가 메트로놈을 확인해보면 안다. 뉴턴의 시간과 아인슈타인의 시간이 다른 것처럼, 평소에는 일정하게 흐르던 시간이 연주만 시작하면 변화무쌍하게 빨랐다 느려졌다 한다는 것을.

메트로놈은 '측정하다'라는 의미를 지닌 그리스어 '메트론'(μέτρον)과 '법칙'이라는 뜻의 '노모스'(νόμος)에서 왔다. 시간을 규칙적으로 알려주는 기계라는 뜻이다. 하루를 24시간으로 나누고, 1시간을 60분으로, 1분을 60초로 나누는 시계처럼, 메트로놈도 시간을 나눈다. 다른 점이 있다면, 시계가 하루 동안의 시간 변화를 알려주는 반면 메트로놈은 시간의 속도를 알려준다는 점이다. 예컨대 숫자를 60에 맞추면 메트로놈은 1분에 60번 똑딱 소리를 낸다. 시계의 초침과 같은 속도다. 만약 120에 맞춘다면 1분에 120번, 즉 시계 초침보다 두 배 빠른 속도로 움직인다. 연주하다가 박자를 놓쳐도 너그럽게 받아주는 선생님과 달리 메트로놈은 앞뒤 사정 봐주지 않고 무정하게 절대적인 속도만 고집한다. 정확한 속도로 연주하고 있다는 확신이 들더라도 메트로놈이 움직이는 속도와 맞지 않으면

꼬리를 내릴 수밖에 없다. 나이도 경험도 실력도 성별도 상관없다. 메트로놈이 아니라면 아닌 거니까.

시계 초침처럼 반듯하고 정확하게 살기가 쉽지 않듯, 음악을 규칙적인 속도로 연주하는 것도 만만한 일이 아니다. 그래서 메트로놈에 맞춰 연주하는 것을 싫어하는 사람이 많다. 이유도 가지각색이다. 보통 손가락의 움직임에 정신이 팔려 다른 소리를 들을 여유가 없는 연습 초반에 특히 힘들어한다. 악보도 겨우 읽는데 박자까지 맞추라니, 그 스트레스로 음표는 더욱 눈에 들어오지 않고 규칙적인 박자에서 점점 멀어지기만 한다. 그래도 괜찮다. 이런 문제는 악보에 익숙해지면 해결된다.

하지만 아무것도 신경 쓰지 않고 소위 '마음 가는 대로' 연주하고 싶다는 이유로 메트로놈을 증오하는 연주자들이 있다. 내 음악성을 제대로 펼치지도 못했는데, '똑딱똑딱' 소리에 귀를 기울이며 손가락의 움직임을 맞추라고? 연주하며 다른 것을 살피는 일에 익숙하지 않은 사람들은 기계 따위가 자신의 음악성을 제한할 수는 없다고 항변하곤 한다. 노력의 시간을 건너뛰고 신속하게 자기만족을 즐기고 싶은 사람에게 메트로놈은 단지 불편하고 멍청한 똑딱이일 뿐이다.

혼자 연주할 때는 지적할 사람이 없으니 괜찮을지 모른다.
　문제는 앙상블 연주를 할 때 터진다. 독불장군처럼 자신의
　'기분'만 따르는 연주자는 다른 이들과 함께할 수 없기
　때문이다. 자신을 객관적으로 보는 연습을 하지 않았으니
　타인과 호흡을 맞추어 연주하는 일이 힘들다. 다른 이들이
　자신에게 완전히 맞춰준다면 모를까. 하지만 동료
　연주자들도 비슷한 수준의 아마추어이므로 그건 불가능에
　가까운 일이다. 규칙적인 박자로 연주하기도 힘든데,
　이해할 수 없는 변덕스러운 속도를 어떻게 따라가겠는가.
박자 맞추는 방법을 전혀 모르기 때문에 메트로놈을
　힘들어하는 사람도 있다. 일명 '박치'에게는 지나간
　'똑딱'의 속도를 기억하고 다음에 올 '똑'을 예상하는
　능력이 없는데, 사실 이런 사람은 그리 많지 않다. 세상에
　'하나-둘-셋-넷'을 일정한 간격으로 세지 못하는 사람은
　별로 없기 때문이다. 박자감을 익히는 연습이 덜 되었을
　뿐이다. 충분히 연습하면 누구나 규칙적인 속도로
　연주할 수 있다. 지레 겁먹지 말고 용기를 내 연습을
　시작해보자.
연주자가 규칙성을 연습할 수 있도록 도와주는 도구라지만,
　메트로놈을 켜놓는다고 해서 박자에 맞춰 연주하는 능력이
　마술처럼 생길 리는 없다. 반복 연습을 통해 규칙적인

박자 안에서 내가 표현하고 싶은 대로 연주할 수
있다면, 내가 예상하는 다음 박이 메트로놈의 박과
맞아떨어진다면 목표에 이른 셈이다. 메트로놈 없이도
스스로 규칙적인 박으로 연주할 수 있게 되었다면,
비로소 규칙성을 내면화했다고 할 수 있다. 그러니
연습할 때는 기계에 수동적으로 맞추기보다, 나의
박자와 시간을 규칙적으로 유지하는 근육을 단련한다고
생각하는 것이 좋다. 정확하고 객관적인 속도를
내면화하면, 내가 연주하는 음악 안에서 규칙적인 박이
심장박동처럼 건강하게 뛸 것이다.
일흔이 되었을 때 마음 가는 대로 행동해도 도리에
어긋나지 않았다는(종심소욕불유구 從心所欲不踰矩)
공자의 이야기처럼, 이상적인 박자를 체득하는 단계에
이르기를 목표로 삼고 연습한다. 무슨 박자 얘기에
공자까지 튀어나오나 싶을 수도 있겠지만, 그 정도로
규칙적인 박자를 몸에 익혀 자유로움을 얻는 연습이
중요하다는 뜻이다. 작품을 하나의 인생으로 본다면
공자의 말도 그리 상관없는 이야기는 아니다.

'음악은 시간을 재료로 삼는다.' 자주 듣는 말이지만, 사실
잘 와닿지 않는다. 그렇다면 이렇게 생각해보면 어떨까?

음표와 쉼표는 음악의 최소 단위이며, 이때 없어서는
안 될 것이 바로 음의 길이와 쉼의 길이다. 음높이는
있을 수도 없을 수도 있다. 존 케이지가 〈4분 33초〉에서
음높이 하나 없이 쉼표, 즉 '시간의 길이'만으로 음악을
만든 것을 보면 알 수 있다. 시작과 끝을 정하는 '시간의
길이'야말로 음악의 기본 재료인 셈이다. 우리는 하루를
24시간으로 나누어서 시간의 흐름을 느끼고, 일정하게
나눈 시간 안에 음표와 쉼표를 담은 음악을 만들어서
영원의 일부를 향유한다. 시간을 작품 안에 배열하고,
공들여 음표를 새겨 넣어서 특별한 시간으로 만들어내는
것이 음악 예술이다. 연주하는 이는 그 시간을 소리로
표현하며 공기를 채우고, 듣는 이는 그가 펼쳐놓은 새로운
시간의 세계를 경험한다. 지상의 시간은 잊은 채, 작품이
선사하는 마술적 시간에 사로잡힌다. 그러다 음악이
끝나면 그 세계는 흔적도 없이 사라지고, 모두 꿈에서
깨어난다. 흐르는 강물에 특별한 물결을 일으킨 뒤 언제
그랬냐는 듯 자신 또한 함께 뒤섞여 흘러가 버리는 음악은,
그래서 신기루 같다. 손에 잡히지 않는 시간처럼 음악도
마음만 흔들어놓고 사라진다.
처음 요가 수업을 받은 날, 요가 선생님은 새로운 동작을
알려줄 때마다 "하나-둘-셋-넷" 조용히 숫자를 세었다.

그 차분함에 익숙해질 무렵 선생님이 말했다. "이제 스스로 숫자를 세며 동작을 반복합니다." 그러자 일사불란하게 움직이던 몸들이 조금씩 흐트러지며 자신만의 시간을 찾아갔다. 일정한 속도로 숫자를 세는 음악 연습은 요가와 닮았다. '하나'와 '둘' 사이의 침묵을 견디며 소리를 낼 자리를 만들고, 음과 음 사이의 공간을 자세히 들여다보고 음미하는 훈련.

나의 속도를 구축하고 나면, 이젠 규칙을 넘나드는 유연성을 익힐 차례다. '템포 루바토'(Tempo rubato)는 연주자가 자신의 의도에 따라 템포를 빠르게 혹은 느리게 연주하는 방법이다. 연주자의 개성을 보여줄 수 있지만, 박자의 균형을 제대로 맞추기 쉽지 않다. 요리로 따지면 조미료라고나 할까. 조미료를 지나치게 쓰면 본연의 맛이 사라지듯이, 마음 가는 대로 템포를 흔들면 누구도 이해하지 못하는 음악이 되고 만다. 빨라지거나 느려진 템포는 어디에선가 반드시 원래의 속도를 회복해야 탄력 있고 우아한 음악이 된다.

규칙적인 박을 따르며 보이지 않는 시간의 윤곽선을 상상하는 연습은 생각지 못한 효과를 낳기도 한다. 우리는 대개 쉼표를 무시하거나 정해진 길이보다 짧게

인식한다. 음이 없는 부분을 견디지 못하기 때문이다. 하지만 연습을 통해 시간의 윤곽선을 가늠하게 되면 쉼표가 주는 여백을 즐길 수 있게 된다. 침묵이 가진 색채와 효과가 얼마나 아름다운지 느낄 수 있으리라. 음악뿐 아니라 일상의 대화에서도 마찬가지이다. 상대가 말을 멈춰도 긴장하지 않고 다음 말이 나오는 순간을 여유롭게 기다릴 수 있다. 그가 말하고 생각하는 속도에 익숙해졌기 때문일 수도 있고, 침묵도 대화의 일부라고 생각할 만큼 시간을 다루는 일에 자신감이 생겼다는 뜻일 수도 있다. 어느 쪽이 되었든 사람은 말보다 말과 말 사이에 많은 것을 숨기기 마련이니 풍성한 대화를 즐길 수 있을 것이다.

◆

존 케이지 John Cage

〈4분 33초〉

600년의 춤, 폴리아

처음 〈낙원의 정복〉을 들었을 때의 감동을 잊을 수가
  없다. 작곡가 반젤리스가 누구인지도 몰랐고, 그 음악이
  배경음악으로 사용된 영화 〈1492년, 콜럼버스〉도 보지
  못했을 때였다. 선율이 참으로 웅장하고 아름다워서
  느껴본 적도 없는 전우애가 불끈 솟아나는 기분이었다.
  마음을 흔들어놓은 주제 선율은 신기하게도 클래식
  음악에 반복적으로 등장했다. 헨델의 〈사라방드〉에서,
  리스트의 〈스페인 광시곡〉에서, 라흐마니노프의
  〈코렐리 주제에 의한 변주곡〉에서 그 선율이 들려왔다.
  그러던 어느 날, 영화 〈세상의 모든 아침〉에서 마랭
  마레의 〈스페인 라 폴리아〉를 듣게 되었는데, 또다시
  그 주제 선율이 흘러나왔다. 조르디 사발은 고악기
  비올라 다 감바를 첼로와 비슷한 듯 다른 연주 방식으로
  연주했다. 섬세하고 유연한 소리의 스펙트럼. 그 이후로
  나는 오랫동안 고음악 세계에 빠져 지냈다.

한동안 내가 '낙원의 정복'이라고 부르던 주제 선율의 이름은
'폴리아'(folia)였다. 15세기 포르투갈에서 시작된 3박자
춤곡. 수많은 작곡가의 마음을 훔친 단순한 멜로디가
600년의 시간과 지역, 장르를 넘나들며 이토록 오래
살아남은 이유는 간결하지만 절절한 선율과 모두가
공감하는 화성 연결 때문이었으리라.

폴리아는 포르투갈어로 '즐기다' '고삐 풀린 즐거움' '광기'라는
뜻이다. 포르투갈 극작가 질 비센트가 자신의 작품에서
빠른 템포의 3박자 춤곡을 '폴리아'라고 불렀다는 기록이
남아 있다. 심장은 3박자로 뛴다. 4분음표 하나 쿵,
2분음표 하나 쿠—웅. 쿵 쿠—웅. 심장의 리듬을 닮은
폴리아는 3박자의 느리고 우아한 춤곡 사라방드로
이어졌다. 첫 박에서 몸을 띄우고, 두 번째 박에서
떨어뜨린 뒤, 세 번째 박과의 경계를 흐리며 연결하는
것이 사라방드 춤의 특징이다. 느리게 뛰는 심장박동과
꼭 닮았다.
첫 박에 힘이 실리는 일반적인 춤곡과 달리 사라방드는
두 번째 박에 힘이 실린다. 첫 박에서는 사랑이 시작될
때처럼 설레고 긴장되는 들숨으로 몸을 밀어 올리고,
두 번째 박에서는 천천히 숨을 내쉬며 마음을 고르듯

몸을 내려놓는다. 그리고 길어진 날숨으로 세 번째 박을
희미하게 지운다. 사라방드의 들숨과 날숨은 동일한
길이가 아니다. 그래서 아리다. 급하게 달아오른 첫 박의
마음을 두 번째와 세 번째 박에서 천천히 다독이며
숨을 고르는 3박자 리듬. 사라방드는 슬프도록 화려하고,
숨결처럼 섬세하다.

바흐와 같은 해에 태어난 작곡가 헨델은 폴리아에 자신만의
사라방드를 입혔다. 폴리아를 뼈대로 삼아 사라방드
리듬의 아련한 여백을 살리면서, 때로는 역동적인
베이스 선율로 노래하면서, 음과 음 사이를 연결하고
채우며 자신만의 애절함을 담아 새로운 춤곡을 만든
것이다. 헨델의 〈사라방드〉는 원래 하프시코드를
위한 모음곡으로 작곡되었지만 스탠리 큐브릭의 영화
〈배리 린든〉에 관현악 버전으로 편곡되어 삽입되면서
널리 알려졌다.

낭만 시대의 작곡가 리스트와 라흐마니노프 또한 폴리아를
기반으로 작품을 만들었다. 리스트의 〈스페인 광시곡〉은
그가 스페인과 포르투갈을 여행하며 얻은 영감을 살려
완성한 피아노 작품이다. 전반부에 폴리아의 주선율이
다양한 리듬으로 변주되는데, 특히 왼손으로 연주하는
선율은 열정적이고 웅장하면서도 어딘지 모르게 쓸쓸한

리스트만의 스페인 폴리아로 재탄생했다. 라흐마니노프의
〈코렐리 주제에 의한 변주곡〉은 폴리아를 스무 개의
변주로 발전시킨 피아노 독주곡이다. 600년 전의
폴리아가 후기 낭만주의와 20세기 재즈 화성, 그리고
라흐마니노프의 무르익은 작곡 기법을 만나 더없이
화려하고 풍성한 모던 폴리아로 변신했다.

예나 지금이나 사랑에 빠진 사람의 마음은 비슷하다.
달아오르고, 감추고, 바람이 불면 흩날리는 꽃잎처럼
떠올랐다가 푸르르 천천히 떨어진다. 폴리아가 세대를
지나며 변신을 거듭해도 여전히 3박자 심장의 리듬으로
아련함을 노래하는 이유다.

들숨과 날숨, 밀려왔다가 쓸려가는 파도. 해가 뜨고 해가
지고, 봄에서 여름, 가을에서 겨울을 지나 다시 봄이 되는
계절의 순환, 생명이 탄생하고 소멸하는 무심한 자연처럼
시간은 그저 반복될 뿐이지만 예술가는 반복에 미세한
균열을 내어 시간을 변주해왔다. 반복에 색을 입히고
세공을 하여 스쳐 지나가는 마음을 불러 세운다.

당신, 지금 어디에 있는가. 무엇을 듣는가. 무엇을
바라보는가. 무엇을 느끼는가. 무엇을 원하는가. 그리고
무엇을 놓치고 있는가. 600년 동안 계속 변주되어 온
사랑의 춤, 폴리아의 질문이다.

반젤리스 Vangelis
〈낙원의 정복〉

헨델 G. F. Händel
《하프시코드 모음곡》 4번, D단조 중 〈사라방드〉 HWP 437

리스트 Franz Liszt
〈스페인 광시곡〉 S.254

라흐마니노프 Sergei Rachmaninoff
〈코렐리 주제에 의한 변주곡〉 Op.42

마랭 마레 Marin Marais
《비올을 위한 작품집 Pièces de Viole》 2권 모음곡 1번, D단조 중
〈스페인 폴리아〉

반복의 아름다움, 베토벤, 인생 변주곡

베토벤이 평생 천착한 장르는 변주곡이다. 변주곡은 단순한
주제 선율을 다양하게 변형하며 반복하는 음악이다.
베토벤에게 변주곡은 음악으로 인생을 사유하는 하나의
방법이었다. 의지와 상관없이 반복되는 자연의 시간
속에서 절망과 믿음 사이를 오가는 인간의 연약함,
출렁이는 마음의 흔들림을 미세하게 꿰뚫어 본 거장은
변주곡을 통해 아마도 희망 쪽에 무게를 실어주고
싶었으리라.
주제는 항상 단순하다. 복잡한 물리학의 기본 법칙이
단순하듯이 변주곡의 주제도 그렇다. 하지만 단순함은
주제의 필요조건이 될 수 있을지언정 충분조건이 되지는
못한다. 단순하다는 점 하나만으로 이를 발전시킬 만한
매력을 찾기가 쉽지 않기 때문이다.
베토벤의 변주곡 주제는 두 가지 스타일로 나뉜다.
주제 선율 자체가 아름답거나 발전시킬 만한 특징이

있는 것. 예컨대 〈영웅 변주곡〉의 주제는 관현악을 위한
발레곡 〈프로메테우스의 창조물〉과 〈관현악을 위한 무곡〉
중 7번, 교향곡 3번 〈영웅〉에 두루 쓰일 정도로 아름답고
매력적인 선율이다. 베토벤은 이 주제로 변주할 때 단순한
주제가 점차 발전하면서 마지막에 이르면 웅장해지는
성장소설 같은 곡을 만들었다. 주제 선율의 원형을
지키면서 다양하고 풍성하게 진화하도록 설계한 것이다.
반면 말년에 작곡한 〈디아벨리 변주곡〉은 이와 다르다.
디아벨리의 주제는 아름답지 않다. 〈영웅 변주곡〉의
그것처럼 듣기만 해도 사랑에 빠지는 선율이 아니다.
베토벤은 그 엉성하고 보잘것없음에 주목했다. 주제를
해체해 그 안에 담긴 독특한 성격을 분리해냈다. 그리고
분리된 씨앗을 각각의 변주곡에서 꽃피웠다. 빛을 비추는
방향에 따라 완전히 다른 모습을 보이는 물체처럼,
디아벨리의 주제는 베토벤의 손 끝에서 새로운 음악들로
태어났다. 따로 떼어놓으면 서른세 곡의 독립된 작품으로,
합치면 하나의 위대한 건축물이 되는 마법과도 같은
베토벤 인생의 마지막 변주곡. 그는 이 길고 긴 변주곡을
자신이 '불멸의 연인'이라 부르던 안토니아 브렌타노에게
헌정했다.
가차 없이 흐르는 시간은 부여잡아 그 의미를 새겨 넣지

않으면 없는 것과 같다. 다행히 변주곡은 기억력이
그리 좋지 않은 이들에게 반복의 의미를 알려주는
도구였고, 청력을 잃어가는 베토벤에게는 기댈 수 있는
단단한 지지대였다. 내면의 소리에 의지해 작곡할 수밖에
없는 상황 속에서도 하나의 주제를 반복하며 변형하는
행위로 음악의 의미를 드러낼 수 있었기 때문이다.
비록 물리적인 소리는 확인할 수 없었지만, 베토벤의
생각은 변주곡이라는 틀 안에서 신체의 한계를 넘어
끝없이 뻗어나갔다.
손에 잡히지도, 눈에 보이지도 않는 추상적인 소리의
세계에서 듣는 이가 음악의 구조를 파악하는 방법은
다름 아닌 '기억'이다. 조금 전에 들었던 소리가 다시
등장할 때, 사람들은 음악을 이해하고 있다고 느낀다.
그래서 작곡가는 반복을 도구 삼아 음악을 건축한다.
반복의 횟수는 작곡가가 선택한 형식에 따라 한 번일
수도 두 번일 수도 있다. 하지만 곡을 처음 듣는 사람이나
음악을 잘 모르는 사람이 한두 번의 반복을 알아채기는
쉽지 않으므로, 작곡가 자신을 위한 형식에 머무르게 될
가능성도 상존한다. 반면 변주곡은 다르다. 누가 들어도
반복되는 주제를 알아챌 수 있다. 그래서 쉽다. 음악을
통해 하나의 주제를 이리저리 자세히 들여다보는 과정을

배우고 익힐 수 있다. 스쳐 지나갔던 주제가 다른 옷을
입고 나타날 때, 음악에는 새로운 생명이 실리고 익숙한
선율이 특별한 의미로 되살아난다.
베토벤은 주제가 소진될 때까지 반복하고 또 반복했다.
침묵에서 시작해 침묵으로 끝나는 모든 음악은 반복이다.
해가 뜨고 지는 것도, 태어나고 죽는 삶도 반복이다.
변주곡은 시작과 소멸뿐 아니라 진화와 변형을 부드럽게
끌어안는다. 우리는 음악이 시작될 때 끝나는 순간이
올 것임을 안다. 하지만 시작과 끝만 바라본다면 고된 삶이
무슨 의미가 있을까.
디아벨리 변주곡을 들으며 위안을 얻는다. 빈약하고 어설픈
주제라도 포기하지 말자. 매일의 삶이 만드는 변주를
견디다 보면 언젠가 독특하고 풍성한 변주곡의 마지막
장을 감사히 덮을 날이 올 테니.

너의 날들이 그저 게으르게 흘러가도록 두지 말기를.
노력하고, 과제를 완수하고, 결과에 연연하지 말기를.
매일의 차이가 구도의 길로 너를 이끌어갈 것이니.
– 베토벤의 일기장에서

베토벤 Ludwig van Beethoven

피아노를 위한 〈영웅 변주곡〉, Op.35

교향곡 3번 〈영웅〉, Op.55

〈프로메테우스의 창조물〉, Op.43

〈관현악을 위한 무곡〉, 7번, WoO 14

피아노를 위한 〈디아벨리 변주곡〉, Op.120

리스테소 템포: 동일한 속도로

노란 봄빛이 튤립 위로 내려앉던 이른 아침을 기억한다.
프랑스에 온 지 몇 년이 흘렀던가. 길게 설명하지 않아도
나를 알아주던 땅을 떠나, 그 누구도 나를 모르는 곳에서
무엇 하나 쉬운 일이 없는 일상을 헤쳐나가던 시기.
기나긴 겨울밤이 어서 끝나기만을 바라던 하루하루.
그래서 동지는 이제 해가 조금씩 길어지며 어둠을
걷어내기 시작할 것임을 알려주는 희망의 날이었다.
나와 상관없이 흐르는 자연의 속도, 때가 되면 올라오는
튤립의 순이 주는 위로를 아마도 그 고립의 시기가
아니었다면 감사의 눈물로 받아들이지 못했을 것이다.
"속도는 주체가 지닌 고유한 리듬이고 빠르기이며
움직임"이라고 철학자 프랑수아 누델만은 말했다.
고립은 자연의 속도뿐 아니라 나의 속도를 체험할 수
있는 시간을 주었다. 정해진 길을 따라 뛰어야만 했던
모국에서의 삶은 나만의 고유한 속도를 돌아볼 틈을

허락하지 않았다. 아니, 그 속도를 찾고 유지하는 일에
가치를 두지 않았는지도 모르겠다. 타인의 빠른 속도를
부러워하고, 사회가 강요한 속도를 따르지 못하면
좌절하기에 바빴으니까.

'리스테소 템포'. 음악을 이끌어오던 속도를 그대로
유지하라는 음악 기호다. 특별한 표시가 없는 한 음악은
속도를 크게 바꾸지 않는다. 항상성이 있는 박은
연주자와 감상자가 공유하는 가장 원초적 인자이기
때문이다. 연주자는 감상자가 잘 따라올 수 있도록 템포를
유지하면서 규칙과 자유로운 표현 사이에서 조화롭게
연주한다. 그렇다면 작곡가가 굳이 리스테소 템포를
악보에 적어 넣는 이유는 무엇일까?

리스테소 템포가 쓰이는 곳은 보통 박자표가 변하면서
음악의 재료가 전과 확연히 달라지는 지점이다. 예를 들어
4분의 4박으로 연주하라고 적힌 악보에 갑자기 8분의
6박으로 바뀌는 지점이 나오는데, 그럼에도 이전의 템포를
유지해야 할 때 리스테소 템포가 사용된다. 악보를 처음
읽는 연주자는 순간적으로 당황한다. 물 흐르듯 이어지던
곡에서 갑작스러운 변화가 일어나기 때문이다. 이를
소화하려면 연주자는 정신을 바짝 차려야 한다. 완전히

다른 두 부분을 연결할 방법이 지금껏 연주해온 기본
박자 외에는 없기 때문이다.
수업에서 학생들에게 리스테소 템포를 제대로
이해시키기란 쉽지 않다. 템포를 동일하게 유지한다는
뜻을 학생들은 엄격하게, 혹은 건조하게 박을 지킨다는
말로 오해하는 경우가 많다. 서로 다른 유형의 리듬을
같은 속도로 연주하기 위해 학생들의 머릿속에서
계산기가 돌아가고, 그러는 사이 소리는 여유를 잃고
딱딱해진다. 그때 꼭 해주는 말이 있다. "음표에
끌려가지 말고 너의 템포를 먼저 찾아. 그 템포만 지키는
거야. 너를 흐름의 중심에 놓고 음표를 네 안으로
끌어들여야 해. 이 지점에서 음악을 연결할 수 있는 건
너뿐이거든."

외부 환경이 급격히 변할 때, 리스테소 템포를 떠올린다.
변화하는 상황에 과도하게 몰입하는 대신, 중심을
유지하면서 어떻게 나의 템포로 새로운 상황을
끌어안을지 고민한다. 급변하는 외부 환경에 완벽하게
적응하려고 애를 쓰면 쓸수록 더 힘들어질 뿐이다.
갑작스러운 리듬의 변화에 음악이 경직되듯이, 나 역시
잔뜩 긴장한 채 종종걸음을 치게 된다. 나의 중심에 먼저

집중하고 나의 속도를 알아야만 그에 어울리는 적절한
흐름을 만들어낼 수 있다.

리스테소 템포가 악보에 등장할 땐 이렇게 연습한다. 우선
마음의 준비를 한다. 어떤 음악의 재료들이 쓰였는지
살펴보고, 내가 소화할 수 있을 만큼만 조금씩 연습한다.
서로 다른 성격을 매력 있게 드러내고 싶을수록 더욱
확실하게 나의 속도를 지킨다. 변화가 많으면 단단하게
박을 그러쥐고, 그렇지 않다면 유연하게 대처할 수 있도록
살짝 긴장을 푼다.

변화무쌍한 세상에서 자신의 템포를 유지하기는 쉽지 않다.
연습이 꼭 필요한 이유다.

피에로의 우울한 춤, 달빛의 사라방드

언젠가 벨기에의 한 미술관에서 바토(Jean-Antoine Watteau)의 전시회가 열렸다. 17~18세기 프랑스의 음악과 바토의 그림을 함께 엮어 당시의 풍경을 공감각적으로 느낄 수 있게끔 기획한 전시였다. 음악도 아름다웠지만, 음악가들을 자세히 관찰한 그의 작품을 통해 당시의 연주 환경을 엿볼 수 있다는 점이 더욱 좋았다. 그중 〈피에로〉의 미묘하게 우울한 느낌이 특히 나의 눈길을 끌었다. 배경 속의 어른들과 달리 몸에 맞지 않는 피에로 의상을 입은 채 엉거주춤 서 있는 어린 소년. 축제에 돈을 받고 고용되었을 소년 피에로의 재주는 무엇이었을까? 그 우아하다는 축제 '페트 갈랑트'(Fêtes Galantes)[18세기 프랑스의 부유한 귀족들이 야외에서 즐겼던 연회로 바토의 그림에 자주 등장한다. 프랑스어 fête는 '축제', galant는 '우아한'이라는 뜻이다]에서 달빛처럼 밝은 옷을 입고 재주를 넘었을까? 연극을 했을까? 혹은 음악을 연주하거나 시를

낭독했을까? 질문이 꼬리를 물었고, 소년 피에로는 내게
페트 갈랑트의 우울한 상징으로 남았다.

드뷔시의 〈달빛〉은 고요한 밤의 달빛을 소리로 옮겨놓은
듯한 곡이다. 연인이 사랑을 속삭이는 달콤한 봄밤을
노래한 것 같다는 생각도 든다. 하지만 이 작품을 마냥
아름답고 달콤한 사랑 노래로 연주한다면 무언가
빠진 듯 허전한 느낌을 지울 수 없다. 무엇이 부족한
걸까. 수많은 피아니스트가 이 곡을 연주했는데,
알렉상드르 타로와 현대 무용가 요안 부르주아가 함께
만든 영상을 보면 어렴풋이 눈치챌 수 있을지도 모르겠다.
피아노 연주에 맞춰 계단을 올랐다가 떨어지고 다시
오르기를 반복하는 춤. 베를렌의 시와 드뷔시의 음악을
연결하는 그들의 협업. 그렇다. 드뷔시가 〈달빛〉을
작곡하며 영감을 얻은 시는 베를렌의 연작시 「우아한
향연」 중 「달빛」이었다. 달빛 아래의 사랑이 아닌 슬픔을
이야기한 시.

베를렌의 시에도 등장하는 단어 '베르가마스크'(berga-
masque)는 이탈리아 베르가모 지방의 전통 춤곡이다.
드뷔시는 18세기 프랑스의 기악 모음곡 형식을 따라
〈프렐류드〉〈미뉴에트〉〈달빛〉〈파스피에〉 네 곡으로
《베르가마스크 모음곡》을 구성했다. 〈프렐류드〉

〈미뉴에트〉〈파스피에〉는 전통적인 무용 모음곡에
들어가는 악장인데 〈달빛〉은 결이 다르다. 느린 3박자
춤곡 사라방드가 들어가면 적절할 자리에 〈달빛〉이
들어갔다. 하지만 드뷔시가 사라방드를 잊을 리 있나.
느린 3박자로 두 번째 박에 힘이 실리도록 작곡해
〈달빛〉 아래 사라방드를 감춰두었다. 그렇다면
더 이상 미끄러지듯 현을 스치는, 예쁘기만 한 피아노
소리만으로는 충분치 않다. 내리비추는 달빛을 느끼는
청각적 경험을 넘어, 듣는 이가 음악에 맞춰 춤출 수 있는
춤곡을 연주해야 한다. 드뷔시가 노래하고 싶었던 것은
그저 아름다운 달빛이 아니라 아리고도 슬픈 춤, 달빛
아래서의 사라방드이기 때문이다.

〈달빛〉의 첫 음부터 우리는 길을 잃는다. 어느 조성으로
시작하는지 알 수가 없기 때문이다. 화성 구성에 필요한
세 음 중 두 음만 들려주며 망설이듯 희미하게 시작하는
첫 마디는 구름에 가린 달을 그린 듯 부옇다. 이어서
어둠에 눈이 익숙해지는 속도로, 달빛이 부드럽게
내려앉는 듯 왼손의 음이 천천히 낮아진다. 하지만
소리와 함께 낮게 가라앉는 것이 달빛뿐일까.

윤곽선이 없는 흐릿한 그림이라고 혹평을 받았던 인상파
화가처럼, 드뷔시의 음악은 당대의 청중들에게

된서리를 맞았다. 그의 교향곡 〈봄〉을 들은 예술 아카데미(L'Académie des beaux-arts)는 음악적 색채와 감정만 과장하다가 형식의 중요성을 완전히 잊어버렸다며 작곡가를 호되게 비판했다. 인상파 그림처럼 드뷔시의 음악도 진실과는 거리가 멀다는 얘기였다. 또한, 오페라 〈펠레아스와 멜리장드〉의 초연을 보던 관객들은 도대체 이해할 수 없는 그의 음악에 분노해 여주인공 멜리장드가 부르는 아리아가 "나는 행복하지 않아요" 대목에 이르자 "우리도 마찬가지야!"라고 야유하며 소리를 질렀을 정도였다. 동료 시인들만이 익숙하지 않은 소리에 마음을 열고 작곡가를 옹호해주었다.

드뷔시가 들려주고 싶었던 것은 무엇일까? 〈봄〉을 듣고 전통에서 벗어났다며 비판하는 평단에게 드뷔시는 이렇게 말했다. "이 작품은 자연의 봄을 있는 그대로 묘사하는 대신 우리 인생의 봄을 들려줍니다. 느리고 허약한 존재들, 생명이 탄생하고 성장하고 개화하여 재생산에 이르는 눈부신 축제와 같은 즐거운 봄을 이 작품으로 표현하고 싶었습니다." '봄'이라 하면 습관처럼 떠올리는 이미지가 아닌 그 안에 숨겨진 의미를 드러내기 위해 작곡가는 익숙하지 않은 새로운 작곡 기법을 사용한 것이다.

〈봄〉에서 드뷔시는 악기들이 자신의 고유한 음색을 펼칠

기회를 주었다. 예컨대 현악 파트를 더욱 잘게 나누어
여러 그룹이 연주하게 하거나, 다양한 타악기를 도입해
무지갯빛이 퍼지는 듯한 색채를 표현하기도 했다. 또한
관습에서 벗어나 자신만의 방법으로 생소한 화성을
세밀하게 재창조했다. 이 외에도 익숙한 장조와 단조
조성이 아닌 이국적인 5음 음계(펜타토닉)나 이미
역사 속으로 사라진 음악사 초기의 교회선법에 기초한
음계를 쓰는 등 진부한 음악에서 벗어나고자 노력했다.
익숙한 대상을 낯선 방식으로 표현해 숨겨진 모습을
발견하고 새로운 의미를 찾고자 했던 드뷔시의 노력은
당시 인상파 화가나 시인의 작업과 닮아 있다.

대상의 객관적 실체가 아닌 주관적 '인상'을 화폭에
담아내는 것이 인상파의 작업이다. 익숙한 통념대로
대상을 묘사하지 않고 직관적으로 느끼는 빛의
인상과 색, 그림자를 드러내 사물의 중심으로 꿰뚫고
들어가도록 하는 인상파의 그림은 드뷔시가 원하는 것에
꼭 들어맞았다. 그는 전통적인 방식을 벗어나 사소해
보이는 작은 모티프를 반복하고, 연결하고, 변형하고,
버리고, 또 다른 모티프로 옮겨갔다. 맥락 없이 부서진
조각들 안에 서로를 은밀하게 닮은 요소를 배치해,
아라베스크처럼 유연하면서 레이스처럼 얇고 섬세한

선으로 연결했다. 이 모든 음악의 파편들이 실핏줄처럼
이어져 있음을 청중이 알아주길 바라는 마음으로,
드뷔시는 흐르는 시간에 수를 놓았다.

당신의 마음은 우아한 풍경,
가면 쓴 이들과
베르가모 광대들이
류트를 연주하고 춤을 추지만
변장 아래에 슬픔이 비치네.

단조로 노래하는
사랑의 쟁취와 이상의 삶,
자신들의 행복이 믿기지 않는다는 듯
그들의 노래는 달빛으로 섞여드네.

고요하고 슬프고 아름다운 달빛에,
나무 위 새들은 꿈꾸고
황홀함으로 흐느끼는
대리석 사이 커다랗고 단아한 분수의 물줄기.
― 폴 베를렌, 〈달빛〉

베를렌이 시어로 예리하게 조탁한 어느 축제의 달빛은
드뷔시의 음악에서 소리의 빛으로 변환된다. '달빛'은
아름다운 봄밤처럼 달콤하지 않다. 마디의 첫 번째
박과 함께 울리는 왼손의 화음은 떨어질 것을 알면서도
뛰어오르는 피에로, 분수에서 물이 솟아오르는 순간과
닮았다. 그 에너지에서 힘을 얻은 듯, 잠시 중력의
속박에서 해방되어 유영하는 오른손의 음표들은
자유롭지만 서글프다. 결국은 떨어질 수밖에 없지만,
그 오르내림을 반복하게 하는 무정한 시간성을 벗어나지
못하는 운명. 한 옥타브를 뛰어오르는 첫 마디의
음표들은 이후 계단을 내려가듯 조금씩 하강하다가
마침내 에너지가 소진된 것처럼 바닥으로 가라앉고,
그 순간 왼손은 다시 한 번 힘을 모아 뛰어오른다.
이번에는 처음보다 넓은 음역으로 같은 선율을 연주하며
깊은 울림을 만들어낸다. 텅 빈 달밤처럼 맑고 투명한
울림이다. 여느 날의 달빛과는 분명 다른, 특별히
아름답고 슬픈 달빛. 작곡가가 음표로 그려낸 달빛은
그 밤에 작곡가가 느낀 슬픔을 그대로 전하는 동시에,
듣는 이에게 신비로운 경험을 선사한다.
〈달빛〉은 피아니시모로 시작해 피아니시시모로 끝난다.
건반을 '쳐서'는 낼 수 없는, 작고 먹먹한 소리.

보통 피아노 건반을 '칠' 때, 손가락은 정확하고 빠른 타건을 위해 수직적으로 움직인다. 이런 움직임은 맑고 또랑또랑하고 분명한 소리를 내는 데 적합하다. 드뷔시의 모국인 프랑스에서는 피아노를 연주할 때 '만지다'(toucher)라는 동사를 사용한다. 건반을 만질 경우, 손가락은 수평적으로 건반과 접촉한다. 이때 피아노 내부에 있는 해머의 속도가 느려지면서 피아노 현을 때리기보다는 부드럽게 건드린다. '터치'라는 단어에서 느껴지는 부드러운 움직임이 현과 해머의 접촉면에서 일어나는 것이다. 이는 르네상스 미술의 스푸마토(sfumato) 기법처럼 윤곽선이 구름에 가린 듯 흐리멍덩한 소리를 내는 방법이다. 〈달빛〉의 몽환적인 소리는 아주 여리고 부드러운 피아니시모에 기초한다. 여기에 추가되는 약음 페달은 소리가 빚어내는 세계와 듣는 이 사이에 거리감을 만들어낸다. 글렌 굴드가 사랑했던 이 독특한 느낌을 드뷔시는 악보에 "con sordina"('약음 페달과 함께')라고 적어넣었다. 약음 페달이 주는 타자화된 상실감으로 인해, 청중은 소리를 들으면서도 현실로 느끼기 힘든 머나먼 세계를 동경하게 된다.

베를렌의 시를 그대로 음악으로 옮겨놓은 듯, 시의 2연 "단조로 노래하는" 행은 음악에서도 단조로 작곡되었다.

작품 전체에서 단조가 쓰인 유일한 부분이다. 음악에서
장조와 단조가 주는 인상은 다르다. 특히 장조로
진행되던 음악이 단조로 변할 때, 듣는 이들은 작곡가가
무슨 이야기를 하려는지 집중해서 듣게 된다. 이 특별한
부분에서 드뷔시는 포르테까지 크레센도로, 소리를
점점 높여 힘차게 연주하도록 지시해 작품의 절정을
표현한다. 그러나 유일하게 피아니시모의 세상 밖으로
나온 이 부분은 그리 오래 지속되지 못하고 다시
피아니시모로 숨어든다. 처음으로 큰 소리를 내는
짧은 여섯 마디가 진행되는 동안, 오른손의 멜로디는
곡 전체에서 가장 높은 음을 향해 올라간다. '혼을
불어넣어'(En animant) 속도를 높이며 절정의 포르테에
이른 후 급격히 쇠락하는 단조의 노래는 베를렌의 시에
등장하는 광대의 류트 연주를, "사랑의 쟁취와
이상의 삶"을 노래하며 불꽃처럼 달아오르지만 무대가
끝나면 빠르게 식어버리는 광대의 마음을 떠올리게 한다.

미셸 슈나이더가 말하듯 음악가는 사랑의 노래를 부르기
위해 무대 위로 올라설 때마다 "느닷없이 밖으로 추방된
내밀한 존재"가 되어 외부 세계에 던져진다. 세상에
사랑의 쟁취와 이상적인 삶은 존재하지 않는다는 것을

누구보다 잘 알고 있는 예민한 음악가는 사랑과 이상을
흥겨운 장조가 아닌 슬픈 단조로 노래할 수밖에 없다.
온 힘을 다해 내면의 슬픔을 외부로 꺼내어 무대에서
사랑을 노래하지만, 그 외부마저도 내면이 되어버릴
수밖에 없는 예술가의 모순, 축제에 선 광대의 근원적
우울함. 무대 뒤로 내려오는 순간 다시 내면으로 숨어드는
피아니시모는 분장을 지운 피에로와 닮았다.

아주 높은 음과 아주 낮은 음을 함께 사용한, 극단적으로
넓은 음역에서 피어나는 신비로운 음향은 듣는 이에게
달빛이 비추는 너른 땅에 홀로 선 듯한 외로운 느낌을
안겨준다. 보는 이를 멈춰 세워 쳐다보게 만드는 그림과
달리, 음악은 작품이 연주되는 현장에서 모든 감각을
새롭게 되살리는 경험을 제공한다. 음악이 가진 현재성을
통해 우리는 막연한 '그때 그 순간'이 아닌 지금 이 순간을
생생하게 살아낸다. 음악이 평범한 사물을 해체하고
재구성해 죽은 이미지를 걷어내고 숨겨진 신비를
드러낼 때 우리는 감동의 순간을, 새로운 의미로 가득한
시간을 한 겹씩 쌓는다. 그리고 겹겹이 쌓인 것들을
음미하며 인생은 살 만하다고 느낀다.

달빛의 우아한 축제가 끝날 때까지 광대의 운명을 벗어나지
못해 끝없이 뛰어오르고 떨어지고 다시 뛰어오르는

알렉상드르 타로의 영상 속 무용가는 피아노의 마지막 음과 함께 끝없는 잠에 빠진다. 마지막 음 다음은 없다. 음악의 끝은 언제나 소멸이니까. 하지만 그 5분의 시간 동안 일상의 언어로는 도무지 전할 수 없는 감정, 나도 모르는 내면의 깊은 슬픔이 위로를 받는다. 음악과 함께 울고, 음악과 함께 아픔을 쏟아낸다. 예술이 우리에게 주는 선물이다.

◆

드뷔시 Claude Debussy

《베르가마스크 모음곡》 중 〈달빛〉, L.75

음악이 시간에 새긴 인상

슈베르트 〈피아노 삼중주〉 중 안단테 콘 모토 아세요?

모차르트 〈클라리넷 오중주〉 중 라르게토는요?

말러 〈교향곡 5번〉 4악장 아다지에토는요?

비발디 〈사계〉 중 '여름'의 프레스토는 어때요?

어떤 음악을 소개할 때, 작품의 제목과 작품 번호를
　말하기도 하지만 직관적으로 작품의 분위기를
　전달하는 말이 있다. 바로 작품의 빠르기를 알려주는
　지시어들이다. 아다지오, 안단테, 프레스토 등이
　여기에 속한다. 음악은 무한한 시간을 재료로 삼지만
　항상 시작과 끝이 있다. 그래서 작곡가들은 작품을
　만들 때 그 유한성 안에서 템포를 계획한다. 어느 정도의
　빠르기로 작품이 연주되는 것이 좋을까 고민하고
　그 빠르기를 악보에 적는다. 전문 연주자는 빠르기
　지시어 없이도 음표의 진행 양상을 보며 대강의 속도를

예상하지만, 일반적으로 지시어는 전체 분위기를 보다
명확히 이해하고 연주의 방향을 잡는 데 큰 역할을 한다.
메트로놈이 발명된 이후로 작곡가들은 숫자를 써서 속도를
표시할 수 있게 되었다. 그럼에도 지시어는 사라지지
않았다. 숫자와 함께 쓰거나, 여전히 지시어만 쓰는 경우도
잦았다. 메트로놈의 숫자보다는 지시어를 사용하는
편이 작품의 성격을 단번에 드러낼 수 있기 때문이었다.
더군다나 메트로놈이 발명된 초창기에는 기구의 숫자가
완전히 통일되지 않아서 오류도 많았기에 작곡가가 숫자로
속도를 정한다 해도 항상 신뢰할 수 있는 것은 아니었다.
그럴 때 빠르기 지시어는 작곡가와 연주자가 공유하는
음악 경험에 기대어 곡의 분위기와 템포를 알려주는
두루뭉술하지만 효과적인 장치였다.

속도를 기억하는 것은 즐겁다. 벚꽃 잎이 봄바람에 흩날리는
속도, 펑펑 쏟아지는 함박눈의 속도, 아기가 아장아장 걷는
속도, 여름비가 한두 방울씩 떨어지다가 점점 빨라지며
시원한 소나기가 되는 속도, 구급차의 사이렌이 울리는
속도, 주인을 알아보고 달려오는 강아지의 속도, 강한
어깨를 가진 투수의 투구 속도 등. 우리는 무언가를
기억할 때 속도도 함께 기억한다. 음악에서도 마찬가지다.

작품마다 멜로디를 떠올릴 때 함께 들려오는 속도가
있다. 18세기, 세상의 모든 것을 정의하고 싶었던
백과전서파 장 자크 루소는 『음악 사전』에 보편적으로
통용되는 다섯 가지 음악의 속도를 정리해두었다.
라르고(Largo), 아다지오(Adagio), 안단테(Andante),
알레그로(Allegro), 프레스토(Presto). 음악이 진행하는
속도를 가늠하고, 그 사이를 세분된 단위로 채울 수
있도록 제시한 큰 기둥이다. 가장 느린 속도가 라르고,
가장 빠른 속도가 프레스토, 중간이 안단테이다.
이 용어들이 당시 유럽 전체의 용례를 대표한다고는
할 수 없다. 시대에 따라, 지역에 따라 다른 용어를
사용하기도 했고, 같은 말인데 용례가 상충하는 경우도
있었기 때문이다. 그래도 기본을 알고 있으면 그에
비추어 판단할 수 있으니, 각 용어의 뜻을 대표적인
음악과 함께 떠올릴 수 있도록 나만의 음악 속도계를
만들어두면 유용하다. 작곡가와 연주자의 은밀한 세계로
한 발을 스윽 넣어보는 것이다.

라르고

오페라에서 '레치타티보'(recitativo)는 한 음 당 한 음절씩 노래하는 아리아와 달리 읊조리듯 가사를 전달하는 형식을 말한다. 관현악단이나 반주 파트는 문장의 시작점 혹은 문장 사이에 점을 찍듯 화성을 연주한다. 시점을 바꾸어 말하면, 화성이 연주되는 사이사이에 한 문장이나 하나 이상의 구가 연극 대사처럼 담기는 것이다. 따라서 레치타티보에서 화성은 느리게 진행되지만, 가사는 아리아보다 빠르게 전달된다. 이 화성과 가사의 속도를 상상하며 라르고를 떠올려보자. 속도의 다섯 단계 중 가장 느린 라르고는 단순히 느린 것을 넘어 '폭넓은', '광활한'이라는 의미를 내포한다. 폭이 넓으니 기준이 되는 한 박자가 길어지고, 그 박 안에 많은 장식음을 품을 수 있다. 속도가 느리다지만 장식음이 많이 들어가기 때문에 개별 음들은 레치타티보처럼 빠르게 들린다. 라르고의 속도는 세분된 작은 음표들을 품은 느릿하고 폭넓은 박이라고 할 수 있다. 느린 기본 박과 세분되는 작은 음표들의 빠른 속도가 동시에 펼쳐지는 입체적인 속도. 세분되어 있다 해도 그 안에서의 흐름은 여전히 중요하다는 점을 기억하자. 큰 박만 생각하다가는 자잘한 장식음을 세밀하게 연주할 여유를 가질 수 없고, 작은 음들만 생각하다가는 방향을 잃기 쉽다.

라르고가 쓰인 작품 중 유명한 것은 베토벤의 〈영웅
변주곡〉 중 15번이다. 기도하듯 담담히 연주하는 주제
선율 사이를 유영하는 수많은 장식음 덕에 박과 박
사이는 더욱 확장되고 그만큼 간절함을 자아낸다. 바흐의
〈하프시코드 협주곡 5번〉 2악장, 비발디의 〈사계〉 중
'봄' 2악장도 시간을 확장하는 속도 라르고로 연주된다.
'렌토'(Lento), '랑잠(Langsam), '그라브'(Grave)도
라르고와 비슷한 부류다. 라르고를 기준으로 속도를
세분하자면, '라르기시모'(Larghissimo)는 라르고보다
더 느린 속도, '라르게토'(Larghetto)는 라르고보다 조금
빠른 속도다. 유명한 헨델의 오페라 〈세르세〉 중 아리아
〈그 어떤 나무 그늘도〉는 '헨델의 라르고'라는 이름으로
널리 알려졌지만 정작 악보를 보면 '라르게토'라고
쓰여 있다. 느리긴 해도 라르고처럼 음과 음 사이가
확장되기보다는 앞으로 진행하는 느낌이 조금 더 강한
이유다.

아다지오

아다지오는 이탈리아어로 '편안하게' '서두르지 않고
침착하게'라는 의미다. 라르고가 시간을 늘리고 또

늘렸다면, 아다지오는 비교적 편안한 속도로 작품을
진행시킨다. 라르고만큼은 아니지만, 아다지오에서도 음과
음 사이에 장식음을 넣어 멜로디를 꾸민다. 대표적인 예가
모차르트의 〈피아노 협주곡 23번〉 2악장 아다지오다. 음과
음 사이를 채우는 아름다운 꾸밈음의 정수를 들을 수 있다.
데이비드 린치의 〈엘리펀트 맨〉과 올리버 스톤의
〈플래툰〉에서는 같은 음악을 들을 수 있다. 새뮤얼 바버의
〈현을 위한 아다지오〉. 인간의 내면을 느리고 깊숙이
파고들기에 아다지오는 그 어떤 속도보다 우리의 감정과
잘 어울린다. 고속도로에서 운전할 때 라디오에서 바버의
아다지오가 나오면, 운전대를 붙잡고 끝없이 하늘로
올라가는 듯한 기분이 들곤 한다. 나를 번잡한 세상에서
구원해 천상으로 데려가 줄 것만 같은 속도가 아다지오다.
아다지오에 다른 표현을 함께 쓰는 경우도 많다. 라벨의
〈피아노 협주곡〉 G장조 2악장 '아다지오 아사이'(Adagio
Assai)에서 '아사이'는 '몰토'(molto)와 비슷한 뜻으로
표현을 강조할 때 쓰는 부사다. 그러니 아다지오
아사이는 '충분히 아다지오'로 연주하라는 지시어가
된다. 충분히 침착하게, 서두르지 말고 편안한 속도로
연주하라는 뜻이다. 한편 말러 〈교향곡 5번〉의 4악장은
'아다지에토'(Adagietto)로 아다지오보다 약간은 빠른

속도를 지시한다. 한 발 한 발 멈칫대기보다는 강물처럼
깊게 흐르는 속도가 어울리기 때문이다.

안단테

이탈리아어 '가다'(Andare)에 어원을 둔 안단테는 한마디로
말해 '걷는' 속도다. 편안하고 유연하게 걸어가는 속도.
나를 가르치던 선생님은 이 속도를 보여주려고 음악에
맞춰 레슨실을 천천히 걸어다니곤 했다. 이 방법이
어찌나 구체적이고 현실적이었던지, 아직도 안단테
작품을 연습할 때는 연습실을 걷던 선생님의 모습과
목소리가 떠오른다. "네 연주 속도가 내가 걷는 속도에
어울리는지 한번 보렴." 거닐 듯 움직이는 기본 박 안에서
개별 음표들을 무겁지 않고 편안하게, 그렇다고 아주
가볍지는 않은 속도로 연주하면 안단테가 된다. 19세기
곡에서 자주 볼 수 있지만 바흐의 건반 음악에서는 거의
쓰이지 않았다. 총 마흔여덟 곡으로 이루어진《평균율
클라비어곡집》가운데 1권 〈B단조 전주곡〉에 딱 한 번
쓰였을 뿐이다. 8분음표로 이루어져 자칫 빠르게 달리는
듯한 인상을 줄 수 있기 때문에 바흐는 곡 머리에
'안단테'라고 적어두었다. 박이 움직일 때마다 화성이
바뀌는 이 곡에서 연주할 음이 몇 개 되지 않는다고

가볍게 뛰듯 빠르게 연주하지 말라는 작곡가의 당부인
셈이다. 그렇다고 매 화성마다 주저앉으라는 뜻은 아니니,
신중하게 한 걸음 한 걸음을 내딛는 속도, 모래사장을
천천히 걷는 속도라고 생각하면 적절하다.

안단테와 함께 쓰인 형용사를 살펴보면 다양한 걸음걸이를
상상할 수 있다. 안단테 소스테누토(Andante sostenuto,
꾹꾹 눌러 걷기), 안단테 콘 모토(Andante con moto,
활기 있게 걷기), 안단테 렐리지오소(Andante religioso,
경건하게 걷기), 안단테 칸타빌레(Andante cantabile,
노래하듯 걷기) 등. 드뷔시의 《베르가마스크 모음곡》 중
〈달빛〉은 '안단테 트레 엑스프레시프'(Andante très
expressif)다. '아주 표현력이 풍부한 걸음걸이'라는
뜻으로, 물컹하면서도 섬세하고 아름답게 춤추며 발걸음을
옮기는 속도를 상상하면 된다. 반면 슈베르트의 〈피아노
트리오 2번〉 2악장은 '안단테 콘 모토'다. 활기찬 걸음
속에서 연주자들은 팽팽한 긴장감을 유지하며 연주한다.
드뷔시의 안단테와는 사뭇 다른 슈베르트의 안단테.
비슷한 속도라 해도 표현하는 방식은 너무나 다르다.

알레그로

쑥쑥 올라오는 파릇한 새싹의 생명력, 개구리의 힘찬
울음소리, 비가 내려도 구슬프지 않은 봄의 생기가
알레그로의 속도다. 그저 빠르기만 한 것이 아닌, 가볍고
생기 있고 즐거운 기분의 속도 말이다. 그래서 비발디는
생명이 탄생하는 봄의 생기를 알레그로로 묘사했다. 물론
작품에 따라 알레그로가 분노나 격정을 표현하기도 한다.
베토벤의 다섯 번째 교향곡 〈운명〉 1악장은 '알레그로
콘 브리오'(Allegro con brio), 열정적으로 빠른 속도다.
'운명의 두드림'이라 불리는 첫 모티프를 지나고
등장하는 진행부에서는 작은 기쁨과 희망마저 빠르고
강력하게 제압당하는 느낌을 표현한다. 원하는 목표를
향해 달려가기에 알레그로만큼 적절한 속도가 또 있을까.
프레스토가 모든 것을 놓아버릴 듯 극단적으로 달리는
속도라면, 알레그로는 내가 제어할 수 있는 속도로
경쾌하게 달린다. 모차르트 〈교향곡 40번〉 1악장은 '몰토
알레그로'(Molto Allegro)로 가볍고 빠르게 시작한다.
흥겨운 춤곡 브람스의 〈헝가리 무곡〉 5번도 알레그로다.
베토벤 〈교향곡 7번〉 2악장은 알레그로보다는 살짝
느리고 긴장을 놓지 않는 진중한 느낌의 빠른 속도
'알레그레토'(allegretto)다.

프레스토

루소의 『음악 사전』에 정리된 다섯 템포 중 가장 빠른 속도.
프레스토는 '튀어나갈 준비가 된', '즉각적인' 반응을
지시하는 속도다. 세차게 쏟아지는 여름날의 폭우와
갑작스러운 천둥과 번개를 그린 비발디의 〈사계〉 중
'여름'의 마지막 악장이 바로 프레스토다. 슈베르트 현악
사중주 14번 〈죽음과 소녀〉 중 4악장과 아람 하차투리안의
〈칼춤〉도 프레스토로 쓰였다. 이 작품들은 정신을 잃을
정도로 몰아치는 죽음의 춤곡 '타란텔라'를 닮았다. 죽음을
향해 질주하는 속도, 소멸 직전 마지막 열정을 불사르는
속도. 프레스토는 〈타란텔라〉에 무척 잘 어울린다.

다섯 가지 템포에 모데라토는 없다. 루소가 안단테를
프랑스어 'modéré'(중용의, 절제된)라는 단어로
표현하기는 했지만 모데라토와 같은 말이라는 언급은
없다. 어떤 이들은 모데라토가 안단테와 알레그로의
중간쯤이라고 말한다. '중간'이라는 속도가 너무
추상적이어서 그 어떤 정보도 줄 수 없다는 게 루소의
생각이었을까? 우리말로 모데라토는 '보통 빠르기'다.
편안하다거나 기쁘다거나 하는 감정을 섞지 않은 채 그저
중간 속도로 연주하기에 어울리는 선율이 있기는 하다.

씨앗과 같은 역할을 하는 주제 선율이다. 아직 어느
쪽으로도 발전하지 않은 중립적인 주제를 제시할 때는
추상적이고 중립적인 속도가 어울릴 수도 있겠다.
하지만 그렇다 해도 그 의미가 크게 와닿지 않는 것은
마찬가지다. 우리의, 아니 나의 모데라토는 어느 정도의
속도일까?

작품마다 지시어나 메트로놈 숫자가 적혀 있다 해도, 이를
적용할 수 있는 범위는 아주 넓다. 주어진 지시를 힌트
삼아 자신의 생각과 감정에 어울리는 속도로 연주하여
청중을 설득하고 공감을 이끌어내는 것이 연주자의
역할이다. 따라서 작품을 연주하는 속도는 연주자의
현재를 가장 잘 드러내는 지표가 된다. 굴드가 연주한
〈골드베르크 변주곡〉의 템포처럼 말이다.

1981년, 세상을 떠나기 한 해 전에 녹음한 굴드의
〈골드베르크 변주곡〉 중 아리아는 젊은 시절 그가
연주한 아리아보다 훨씬 느리다. 스물여섯 해 전인
1955년에 녹음한 아리아는 당시의 굴드를 닮았다. 청년
굴드는 신중하면서 가볍고 유려하다. 템포는 1981년
녹음보다 훨씬 빠르지만, 그렇다고 서두르는 것처럼
느껴지지는 않는다. 그저 연주하는 시간을 즐기고
누리는 듯 담백하고 아름다운 소리를 들려준다. 반면

그의 인생 마지막 녹음이었을 1981년의 아리아는, 느리게
연주하는데도 듣는 내내 시간이 흐르는 것이 야속할
정도로 아쉽다. 모든 음을 따로 떼어 살피는 듯한 느린
속도, 주어진 시간이 끝나기 전에 남은 사랑과 회한을 모두
쏟아내는 듯한 느린 속도가 공기에 소리를 새긴다. 그가
연주하는 모든 음이 마음을 저리게 만든다.

작품은 하나의 세계이고, 그 세계에는 시작과 끝이 존재한다.
내 인생의 시작과 끝은 알 수 없지만, 음악의 세계가
건축되고 무너지는 때는 가늠할 수 있다. 내가 선택한
작품의 속도를 생각하며 음악을 듣는다면, 우리는 작품에
더 깊이 몰입할 수 있다. 모르는 곡이라도 상관없다.
예상을 벗어나면 벗어나는 대로, 충족된다면 충족되는
대로 그 세계에 지금의 나를 던져 넣을 수 있기 때문이다.

나이가 들어서일까, 어릴 땐 인간의 한계에 도전하는 듯
빠르게 몰아치는 화려한 연주가 그리 좋더니, 세월이
지날수록 점점 더 느린 연주가 좋아진다. 아마도 나의
모데라토는 계속 느려지는 중인가 보다. 그래서 내가
사랑하는 연주들이 자꾸만 달라진다. 아니, 점점 더
늘어간다.

◆

──────── 라르고 ────────

루트비히 판 베토벤, 〈영웅 변주곡〉, E♭장조 중 15번, Op.35

요한 제바스티안 바흐, 〈하프시코드 협주곡〉, F단조,
2악장, BWV 1056

안토니오 비발디, 바이올린 협주곡 E장조 〈사계〉 중
'봄' 2악장, Op.8 RV 269

──────── 라르게토 ────────

게오르크 프리드리히 헨델, 오페라 〈세르세〉중
아리아 〈그 어떤 나무 그늘도〉, HWV 40

──────── 아다지오 ────────

볼프강 아마데우스 모차르트, 〈피아노 협주곡 23번〉,
A장조, 2악장, K.488

새뮤얼 바버, 〈현을 위한 아다지오〉 Op.11

모리스 라벨, 〈피아노 협주곡〉, G장조, 2악장 M.83

──────── 아다지에토 ────────

구스타프 말러, 〈교향곡 5번〉 C#단조, 4악장

──────── 안단테 ────────

요한 제바스티안 바흐, 《평균율 클라비어곡집》 1권,
24번 전주곡 B단조, BWV 869

클로드 드뷔시, 《베르가마스크 모음곡》 중 〈달빛〉 L.75

프란츠 슈베르트, 〈피아노 트리오 2번〉, E♭장조, 2악장, Op.100

프란츠 슈베르트, 현악 사중주 14번 〈죽음과 소녀〉, D단조, 4악장, D 810

아람 하차투리안, 《가야네 발레 모음곡》, 3악장 〈칼춤〉

──────────── 알레그레토 ────────────

루트비히 판 베토벤, 〈교향곡 7번〉, A장조, 2악장, Op.92

──────────── 알레그로 ────────────

안토니오 비발디, 바이올린 협주곡 E장조 〈사계〉 중 '봄', 1악장, Op.8 RV 269

루트비히 판 베토벤, 교향곡 5번 〈운명〉, C단조, 1악장, Op.67

볼프강 아마데우스 모차르트, 〈교향곡 40번〉, G단조, 1악장, K.550

요하네스 브람스, 《21곡의 헝가리 무곡》 중 5번, F단조, WoO 1

──────────── 프레스토 ────────────

안토니오 비발디, 바이올린 협주곡 G단조 〈사계〉 중 '여름', 3악장, Op.8 RV 315

북극을 향하는 속도

굴드는 북극을 사랑했다. 차갑고도 무미한, 무채색의
대륙. 세상과 단절된 고요, 광활한 땅을 휘덮은 회색빛
안개는 굴드가 평생 갈망했던 고립과 더없이 어울렸다.
그곳에서는 오색찬란한 세상에서 자꾸만 놓치는 희미한
빛을 잡을 수 있을 것만 같았다. 굴드에게 북극은
본질적 고립, 소유할 수 없는 이상(理想)이었다.
굴드는 북극에 관해 이야기하는 여러 사람의 목소리를
녹음해 편집하고 영상에 덧붙여서 대위법에 기반한
다큐멘터리 〈북극의 관념〉(The idea of North)을
만들었다. 자기만의 억양과 속도로 북극에 대해 말하는
화자들의 목소리는 그들의 삶 자체였다. 북극을
경험해봤다고 해서 북극을 온전히 아는 것은
아니다. 북극이 소유의 대상이 아니라는 것도 안다.
그저 저마다의 방식으로 북극을 동경할 뿐. 굴드는
그들의 이야기를 음악으로 받아들이고, 자기가 사랑하는

북극의 이미지에 그들의 갈망을 포갰다. 마치 바흐의
푸가처럼. 그들의 이야기는 북극을 주제 선율로 노래하는
굴드의 푸가 안에서 스치고 얽혔다. 그들은 아마도
자신들의 이야기가 새로운 차원의 음악이 되리라고는 전혀
예상하지 못했으리라.

굴드가 꿈꾸는 북극은 화자들이 꿈꾸는 그것과 달랐다.
다큐의 시작부터 끝까지 북극을 향해 느리게 달리는
기차는 굴드의 생각을 끊임없이 연주하는 오스티나토
베이스가 되었다. 화자들의 목소리는 쓸려왔다 멀어지는
파도처럼 그 위에 겹쳐졌다 사라졌다. 기차가 북극에
도착할 무렵, 음악이 등장한다. 음악이 주는 감동에 슬쩍
자기의 목소리를 얹은 굴드는 북극이 주는 고립의 시간
동안 자신을 돌아보기를 시청자에게 은밀히 권한다.

기차를 타고 처음으로 그곳을 향하는, 목소리 없는 젊은이는
마치 음악을 듣는 이 같다. 작곡가는 자신이 그리는
북극을 악보에 담고, 연주자는 악보를 지도 삼아 북극으로
향하는 속도를 정한다. 한정된 시간 안에서 그곳으로
달려가는 속도는 작품마다 다르고, 연주자마다 다르다.
듣는 이는 자신이 타고 있는 '현재'라는 기차에서 음악을
들으며 북극을 꿈꾼다. 기차의 속도는 끝없이 변한다.
중요한 것은, 그 음악을 듣는 동안 사람들은 자기만의

북극으로 여행을 떠나게 된다는 사실이다. 음악을 통해 손에 잡히지 않는 마음 깊은 곳의 북극을 열망하고, 고유의 속도로 그곳을 향하는 것만은 분명하다. 각자가 꿈꾸는 이상은 다 다르겠지만, 그곳에서는 만날 수 있다. 갖가지 색으로 찬란한 일상에서는 만나기 어려운 무채색 고립의 순간을.

IV

음　악

일　기

존 다울런드:
언제나 다울런드, 언제나 슬픔

흘러라 내 눈물이여

흘러라 내 눈물이여, 샘처럼 흘러내려라

영원히 추방되었으니, 나를 그저 울게 하라

밤의 검은 새가 슬프게 노래하는 곳에서

외롭게 살게 하라.

멈추어라, 더 이상 찬란하지 않은 헛된 빛을!

깊은 밤의 어둠도 감출 수 없는

절망 속에서 흐느끼는 마지막 운명.

빛은 부끄러움을 드러낼 뿐.

연민이 달아나

영원히 치유하지 못하는 상처,

눈물과 한숨과 신음으로 지친 날들, 지친 날들,

모든 기쁨은 말라버렸네.

기쁨의 절정에서

추락한 운명,

희망이 모두 사라진 사막, 나의 사막에서

두려움과 슬픔과 고통이 희망이 되었네.

들거라! 어둠의 그림자여,

빛을 모욕하는 법을 배워라.

행복한, 행복한 지옥에 사는 이는

알지 못할 세상의 멸시

스팅이 다울런드(John Dowland)의 노래를 불렀다.
  이렇게 경계를 넘을 수도 있구나. 그동안 많은 성악가가
  크로스오버라는 이름으로 대중가요를 부른 적은 있지만,
  대중음악가가 클래식 작품을, 그것도 잘 알려지지 않은
  르네상스 시대 작곡가 존 다울런드의 류트 음악 〈흘러라
  내 눈물이여〉(Flow my tears)를 노래하다니!
1970년대부터 장르를 넘나들며 다수의 히트곡을 낸
  작곡가이자 연주자, 제작자 겸 가수 스팅이 존 다울런드의
  작품을 연주한 앨범《Songs from the Labyrinth》를
  낸 것은 어쩌면 자연스러운 일인지도 모른다. 음악에서
  대중음악과 클래식 음악 사이에 경계를 그은 것은 얼마
  되지 않은 일이고, 긴 음악사에 비추어 보면 오히려
  기이한 현상이다. 다울런드가 살던 시대에도 종교음악과
  세속음악을 구분하긴 했지만, 지금처럼 대중음악과

클래식 음악을 구분하는 것과는 그 의미가 달랐다.
더군다나 다울런드는 사랑과 인생을 노래한 거의 최초의
싱어송라이터가 아닌가. 과연 기타의 전신인 류트 반주에
맞춰 영어 가사로 노래를 부르는 스팅의 모습은 전혀
어색하게 느껴지지 않았다. 수많은 규칙을 나열하며 원전
연주의 정석을 따지는 고음악 애호가에게는 충격적인
시도였을 테고, 스팅을 사랑하는 팬들은 어디서도
못 들어본 밋밋한 노래를 새 앨범이라며 들고 나온
그에게 실망했을 테지만 말이다.

모든 기대와 실망은 접어두고, 스팅이 부르는 다울런드를
들어보자. 르네상스 시대의 노래가 스팅 특유의 섬세한
음색으로 우리 시대의 노래로 재탄생했다. 고증을 거친
고악기 류트는 간결하고 따뜻한 음색으로 다울런드의
감정을 표현하고, 스팅은 16세기 영시(英詩)를 자기
방식으로 해석하여 노래한다. 서른 해가 넘도록 음악을
만들어온 중년의 록 스타는 세상의 행복을 등진 방랑자의
시를 자신의 내적 고백처럼 고요하게, 과장 없이
읊조리듯 부른다.

류트 반주에 맞추어 한 사람이 시를 노래하는 16세기
무렵의 영국 음악을 '에어'(Ayre)라고 한다. 여러 사람이
여러 성부로 부르는 복잡한 마드리갈 형식이 쇠퇴하던

시기에 등장한 에어는 금세 사람들의 마음을 사로잡았다. "셈페르 다울런드, 셈페르 돌렌스"(Semper Dowland, Semper Dolens: 언제나 다울런드, 언제나 슬픔)라는 구절로 다울런드의 음악과 삶을 정의할 수 있을 정도로, 다울런드는 언제나 예술가의 우울을 노래했다. 기교가 화려하지는 않지만 시와 류트의 음색을 섬세하게 결합한 다울런드의 노래는 사람들의 감정을 극적으로 끌어올리기 충분했다.

다울런드가 파리, 베니스, 피렌체, 덴마크 등지를 떠돌며 류트 연주자로 살다가 영국으로 돌아간 것은 거의 쉰 살이 다 되어서였다. 하지만 그는 고향에 끝내 마음을 붙이지 못했다. 모순으로 가득한 세상에 이리저리 치인 다울런드는 치유할 수 없는 우울과 방랑자의 영혼을 지닌 채 음악계의 햄릿으로 살며 곡을 쓰고 류트를 연주했다. 그의 음악은 다섯 세기가 흐른 지금도 여전히 우리의 마음을 울린다. 세상은 지독하게도 변하지 않았으므로.

◆

존 다울런드 John Dowland

《노래집 2권 Second Book of Songs》, 〈흘러라 내 눈물이여〉

《노래집 2권》, 〈슬픔이여, 슬픔이여, 머물라 Sorrow, Sorrow, Stay〉

《음악 연회 Musicall Banquet》,
〈어둠 속에 나를 살게 하라 In darkness let me dwell〉

《눈물 Lachrimæ》, 〈언제나 다울런드, 언제나 슬픔
Semper Dowland semper Dolens〉

쿠프랭:
깊은 암흑의 시간에서 부르는 노래

과거 가톨릭교회에서는 십자가에서 죽은 예수가
부활하기까지의 시간 동안 모든 음악 연주를 멈췄다.
십자가에 못 박힌 날이 수요일, 부활의 날이 일요일이니,
목요일부터 토요일까지 사흘간은 음악을 금하고 인간을
위한 신의 죽음을 기리며 침묵했다. 이 암흑의 사흘 동안
성당에서는 자정부터 해가 뜨기 전까지 미사를 드리며
성서의 예레미야 애가, 성 아우구스티누스나 성 바오로의
서신을 읽었다. 이 특별한 미사를 '테네브르'(ténèbre:
암흑)라 하며, 미사에서 낭송하는 성구를 '르송 드
테네브르'(Leçon de ténèbre)라 부른다.
16세기 무렵, 더 많은 신자가 미사에 참석할 수 있도록
야간 미사를 오후로 옮겼고, 예레미야 애가는 악기 없이
다성음악으로 노래할 수 있도록 허용했다. 17세기 중반
이후, 다성음악은 소박한 오르간 반주에 맞춰 둘이나
셋이서 노래를 하는 형태로 바뀌었다. 프랑수아 쿠프랭의

〈르송 드 테네브르〉, 즉 '암흑의 송가'는 바로 이 시간을 위해 작곡되었다. 화려한 음악이 멈춘 암흑의 시간을 촛불로 밝히며, 죽은 신을 애도하기 위해 모인 사람들을 위로하는 음악.

종교에서 신의 죽음은 어둠의 시간이고, 인간은 신이 없는 암흑 속에서 절망한다. 그러나 유일하게 음악이 허락된 시간에는 주저앉아 흐느끼기보다는 최선의 아름다움으로 슬픔을 표현하고자 했다. 쿠프랭은 심연에 빠진 영혼을 위해 암흑 송가를 작곡했다. 슬픔과 절망을 예술 작품으로 승화한 것이다. 종교의 경건성과 인간의 예술적 욕망 사이에서 완벽한 균형점을 찾은 이 음악은 프랑스 종교음악에서 가장 아름다운 작품으로 꼽힌다.

다울런드의 음악과는 또 다른 결을 지닌 슬픔. 다시 딛고 올라설 바닥이 존재한다는 믿음 때문일까. 쿠프랭의 음악에서는 인간의 공허함과 신의 죽음을 함께 흘려보내고 내일을 그리는 희망이 느껴진다.

하지만 이 아름다운 음악은 얼마 못 가 1720년 무렵 사라지고 만다. 암흑의 시간에 음악이 비집고 들어오자 사람들은 더 아름다운 암흑 송가를 듣겠다고 경쟁하듯 내달렸고, 종교적 의미를 알지 못하는 연주자들은 자신의 기량을 뽐내고자 교회를 무대 삼아 공허하게 노래했다. 성주간이

세속화되는 현상을 더 이상 참을 수 없었던 교회는 결국
음악을 완전히 금지하기에 이른다.
파스칼 키냐르의 소설을 각색한 영화 〈세상의 모든 아침〉에
나오는 쿠프랭의 두 성부를 위한 세 번째 암흑 송가를
듣는다. 조르주 드 라투르(Georges de La Tour)의
촛불 앞 여인들처럼, 지친 영혼을 다독이는 희미한 촛불
같은 위로의 노래를 만난다.

◆

쿠프랭 François Couperin

《세 번째 암흑의 송가》

《클라브생 작품집 2권》, 6번 모음 중 〈신비로운 바리케이드〉

《클라브생 작품집 2권》, 8번 모음 중 〈파사칼리아〉

《클라브생 작품집 4권》, 25번 모음 중
〈길 잃은 그림자 Les ombres errantes〉

《레 나시옹 Les Nations》(트리오 소나타) 중 〈스페인 L'Espagnole〉

슈트라우스:
마지막 매듭이 피워 올리는 꽃

한낮은 나를 지치게 하네
내가 간절히 바라는 건
피곤한 아이처럼
별이 총총한 밤을 편히 맞이하는 것.

손은, 모든 일을 내려놓고
머리는, 모든 생각을 멈추고
내 모든 감각은 이제
깊은 잠으로 빠져들기를

지켜보는 이 없는 내 영혼은
자유롭게 날개를 달고
깊이, 오래 살아가기 위해
마법에 걸린 밤으로 떠나네.
– 헤르만 헤세, 「잠자리에 들며」

굴드가 리하르트 슈트라우스의 〈내일〉을 반주하는 영상을
  보고 깜짝 놀랐다. 바흐를 해체하거나 까다로운 수학 문제
  같은 쇤베르크를 해석하기 좋아하던 연주자가 달콤하고
  아름다운 사랑 노래를 연주하다니. 굴드가 맞는지 몇 번을
  확인했다. 쇼팽의 달콤한 선율과 모차르트의 단순한
  아름다움에는 자신이 개입할 여지가 별로 없다고 생각해,
  연주를 그리 즐기지 않던 굴드가 슈트라우스라니, 대체
  무슨 생각이었을까.
물론 굴드의 연주는 완벽하다. 그의 음악 세계에 어울릴
  만한 성악가가 있을까 궁금했는데, 훌륭한 소프라노를
  찾아서 굴드다운 노랫소리를 얻는 데도 성공했다.
  아니, 굴드다운 노랫소리를 넘어 역사를 날것으로 펼쳐
  보여주는 노래였다. 나치에 부역한 음악가로 의심받은
  슈트라우스처럼, 굴드의 반주에 맞춰 노래한 엘리자베트
  슈바르츠코프(Elisabeth Schwarzkopf)도 '나치의
  디바'라고 불리던 당대 최고의 소프라노였다. 탈나치화
  재판이 이루어지고 17년쯤 지난 뒤, 굴드는 이들의 음악을
  수면 위로 끌어올렸다. 그리고 정치적 판단은 완전히
  배제한 채 순수한 음악만 대중에게 건넸다.
"굴드 씨, 왜 슈트라우스입니까?" TV 쇼의 진행자 험프리
  버튼이 굴드에게 질문했다. 건반을 만지작거리던 그는

언제나처럼 세련되고 매력적인 목소리로 슈트라우스에 대해 설명했다. 요약하자면 이렇다. 19세기에서 20세기로 전환되면서 작곡가들은 새로운 음악을 꿈꿨다. 쇤베르크가 이전의 전통적 언어를 버리고 새로운 언어를 장착한 신(新)음악을 폭탄 투하하듯 제시했다면, 쇤베르크보다 10년 먼저 태어난 슈트라우스는 기존의 틀 안에서 자신이 시도할 수 있는 최대치를 실험하며 새로운 음악을 만들었다.

슈트라우스의 선율은 늘 예상에서 벗어난다. 낯선 화성 진행과 다양한 리듬을 사용하고, 음악과 가사를 짙은 농도로 결합하여 후기 낭만주의의 절정을 보여준다. 예컨대 〈잠자리에 들며〉에서 '별이 총총한 밤'을 노래할 때 등장하는 이질적인 화성과 첼레스타[실로폰 소리를 내는 건반악기]의 소리는 밤하늘과 반짝이는 별빛을 그림 그리듯 표현한다. 일을 내려놓는 손과 생각을 멈추는 머리, 잠으로 빠져드는 감각을 각기 다른 방법으로 전하는 노래를 듣다 보면, 고통받던 시기에 이 시를 쓴 헤르만 헤세의 삶이 그대로 전해지는 것만 같다. 피곤한 현실을 노래하는 1연과 2연, 어디에 뿌리를 내렸는지 종잡을 수 없는 조성에서는 이 세상에 속하지 못한 채 방황하는 화자의 마음이 느껴진다.

2연의 마지막 행에서 시의 화자는 잠들고, 음악이
안정되면서 조성도 서서히 자리를 잡는다. 중간에
등장하는 바이올린 독주는 전주에 등장했던 짧은 선율들을
완성된 형태의 프레이즈로 연주하며 잠든 화자를
꿈속으로 안내하는데, 가사가 없는 바이올린의 노래는
시어로 표현되지 않는 내면의 이상향을 그리듯 유려하고
아름답다. 불안정한 현실과 이상적 세계 사이에서
방황하는 시인과 예술가를 위로하는 음악. 듣다 보면
고단한 세상을 피해 함께 잠들고 싶어진다.

음악을 해체하다 보면 감성이 차갑게 식기 마련이지만
슈트라우스의 작품에서는 이성과 감성이 함께 고양되는
특별한 즐거움을 누릴 수 있다. 머리로 해석하면 할수록
더욱 깊고 생생하게 감각에 몰입하게 된다. 그의 작품은
전통을 무너뜨리고 새로운 세계를 향해 뛰쳐나간
동시대의 작품과는 다른 방식으로 이 세계를 넘어선다.
슈트라우스는 세계를 전복하는 대신 세계를 탐험한다.
그의 상냥한 혁명은 차분하지만 뜨겁게 우리를 미지의
영역으로 이끈다.

《네 개의 마지막 노래》는 인생의 긴 여정 끝에서 병고에
시달리던 슈트라우스가 작곡한 작품이다. 〈봄〉 〈9월〉
〈잠자리에 들며〉 〈저녁 노을〉. 네 곡의 노래에는 고요히

사색하며 인생을 돌아보는 작곡가의 마음이 담겨 있다.
이미 낡은 음악 어법으로 지은 노래를 마지막으로,
화려하고 지리멸렬했던 슈트라우스의 낭만 시대는
이렇게 문을 닫는다.

◆

리하르트 슈트라우스 Richard Strauss

《네 개의 마지막 노래》, 〈잠자리에 들며〉, Op.150 No.3

《네 개의 가곡》, 〈내일〉, Op.27 No.4

23대의 현악기를 위한 교향시 〈변신〉, Op.142

16성부를 위한 《두 합창곡》 중 〈저녁〉, Op.34 No.1

파이프오르간:
인간으로부터 한 걸음 멀리

유럽의 교회에 가면 가장 먼저 눈에 들어오는 것이
파이프오르간이다. 섬세하고 화려하게 장식한
나무 상자와 그 안에 들어 있는 반짝이는 파이프는
보는 이를 단번에 사로잡는 강력한 오라를 내뿜는다.
파이프오르간의 위쪽 벽에 자리한 장미 문양
창(rosace)에서 빛이 쏟아져 들어올 때면 천상의
악기인가 싶을 정도로 신비로움마저 느껴진다.
보는 것만으로도 충분하지만 운이 좋아 소리까지
들을 수 있다면, 유럽 여행 중 평생 못 잊을 기억 하나를
챙기는 셈이다. 교회 건물은 층고가 높은 데다 돌로
지어진 덕에 커다란 오르간에 꼭맞는 거대한 울림통
역할을 한다. 때로는 부드럽게, 때로는 강하게 우리의
마음을 사로잡는 세상에서 가장 큰 악기.
나는 오르간을 전공했다. 피아노를 배우다가 고등학생 시절
오르간을 시작해서 학부와 대학원을 거치며 오랫동안

공부했다. 오르간을 전공한다고 하면 친구들은 "오르간? 키보드 같은 건가? 풍금 말하는 거야?"라고 묻곤 했다. 한국에 파이프오르간이 널리 보급되지 않던 시절이라 전공자들조차 전기오르간으로 수업을 받고 실기 시험을 치르다 졸업반이나 되어서야 파이프오르간에 손을 댈 수 있었으니 그럴 만도 했다.

"울림이 있다고 상상해봐." 지도 교수님이 수업 때마다 반복했던 말이다. 그때껏 한 번도 유럽에 가보지 못한 내가 상상할 수 있는 울림이란 기껏해야 깊은 우물에 떨어지는 물방울 소리 정도였다. 게다가 천장이 낮고 바닥에는 카펫이 깔려 있는 좁은 레슨실은 울림이라곤 전혀 없는 바싹 마른 공간이었다. 암흑 속에서 더듬어 나가는 심정으로 선생님이 말씀하시는 울림이 무엇인지 고민할 수밖에 없었다. 울림은 그렇다 쳐도 전기오르간으로 수업을 받고 연습을 하며 '진짜' 오르간 소리를 상상하는 일도 어려웠다. 그나마도 동료들과 경쟁적으로 연습실을 예약해야 겨우 연주해볼 수 있었으니 지금 생각하면 너무나 안타까울 뿐. 하지만 좋은 점도 있었다. 열악한 상황에서 이론을 바탕으로 한 번도 들어보지 못한 아름다운 소리를 꿈꿀 수 있었다는 것. 얼마나 형이상학적인가.

이렇게 난처한 상황에 처한 오르간 전공생에게 희미한 빛줄기를 내려준 분이 계셨으니, 바로 건반 화성 과목을 가르치던 강사님이셨다. 어느 날 선생님께 왜 오르가니스트가 되었는지 여쭈었다. "난 오르간을 선택한 게 아니야. 음악이 좋아서 음악을 선택했고, 그중 오르간을 연주하게 된 거지." 오르간이 아니라 음악이라고? 오르간을 공부한다고 해서 모두 멋진 오르가니스트가 되는 꿈을 꾸는 것은 아니란 말인가? 어쩌면 내가 배워야 하는 것이 오르간만이 아닐 수도 있겠다고 생각한 그때부터, 머릿속엔 또 다른 질문이 자리잡았다. '나는 오르간을 좋아하는 걸까? 음악을 좋아하는 걸까?' 악기가 음악을 구현하는 도구일 뿐이라면 조금 더 넓은 시야를 갖춰야겠다고 생각하게 된 것도 그 무렵이었다. 선생님의 말씀은 이후에 내가 여러 선택지를 마주할 때마다 늘 어렵지 않게 하나를 선택할 수 있게 이끌어주었다.

미국에 있을 때는 독특한 오르간의 세계를 경험했다. 모든 것이 한국보다 세련되고 좋아 보이던 풍요로운 시절, 미국에는 멋진 오르간이 많았다. 연주하기 쉽고, 연주회장의 울림과 적당히 어우러지고, 연주자가 불편하지 않게끔 최첨단 기술로 제작된, 유럽의 어떤 시대와 어떤 악기를 본뜬 복제품들이었다. 꼭 현실에 재현된 스타트렉 우주선 같았다.

공간의 절반이 파이프로 꽉 찬 연습실도 한국과 달리 천장이 높아 불편함이 없었다. 연습실의 울림이 풍부하지는 않아도 '진짜' 파이프에서 나오는 바람 소리에 둘러싸인 기분은 구름을 탄 듯 좋았다. 당시 함께 입학한 동기가 둘 뿐이라 연습실은 아무 때나 쓸 수 있었고 레슨은 연주회장이나 교내의 예배실에서 이루어졌다. 연주한 곡을 다시 들을 수 있는 기능이 장착된 오르간도 있었는데, 녹음된 연주를 재생하는 것이 아니라 연주를 기억해 파이프로 재현하는 그 기능이 당시에는 무척 신기했다. 다른 악기와 달리 제작자가 여러 디자인으로 다양하게 개발할 수 있는 최첨단 기계, 연주자가 원하는 모든 소리를 구현하는 1인 오케스트라, 미국에서 만난 나의 악기. 오르간의 새로운 정의였다.

오르간은 건반악기이자 관악기이다. 소리는 파이프에서 난다. 눈에는 보이지 않지만 파이프가 들어찬 거대한 공간 안쪽에는 바람을 저장하는 바람 상자가 있는데, 그곳에 구멍을 뚫어 파이프를 꽂으면 바람이 파이프를 통과하면서 그 모양과 길이, 두께, 재질에 따라 다른 소리를 내는

원리다. 파이프의 개수는 오르간의 크기에 따라
달라지는데, 세종문화회관에 있는 오르간에는 8천여
개가 들어간다고 하니 오르간이 얼마나 큰 관악기인지
상상할 수 있을 것이다. 또한 오르간에는 각기 다른
소리를 내는 파이프를 제어하는 여러 개의 손 건반과
발 건반이 달려 있다. 피아노 건반과 비슷해 보이지만,
피아노가 7옥타브 반 정도인 반면 파이프오르간은
4옥타브 반 정도로(혹은 그 이하로) 건반 수가 적다.
각 건반은 음색과 음높이에 따라 여러 개의 파이프와
연결된다. 연주자가 음색을 선택해 조합하면 건반마다
해당 파이프가 연동되고, 그때 건반을 누르면 밸브가
열리면서 들어온 바람이 파이프를 통과하며 소리를
내는 것이다.

시간이 흘러 마침내 유럽에서 오르간을 만났을 때
선생님이 말씀하시던 그 울림, 아니 그보다는 내가
상상했던 우물에 물방울이 '퐁' 하고 떨어질 때의
울림에 가까운 것을 처음으로 체험할 수 있었다. 높은
석조 건물에서 울리던 소리, 공기를 머금은 길고
긴 울림은 아름다웠지만, 그때 내가 느낀 당혹감은
지금도 잊을 수 없다. 교회의 좁은 계단을 올라 먼지
쌓인 뚜껑을 열어 낡고 투박한 건반을 만졌을 때 내가

확인한 것은, 연주자는 전혀 고려하지 않은 불편하고
무거운 목재 의자와 몸을 한껏 틀어야 겨우 연주
가능한 발 건반, 원하는 소리를 이것저것 더했다가는
체중을 다 실어도 잘 눌리지 않는 건반의 무게, 소리가
추가될수록 힘겨워하는 바람 상자의 출력이었다.
무엇보다 당황스러웠던 것은, 연주 도중에 원하는 소리로
전환하려면 반드시 보조자 한두 명이 옆에서 도와줘야
한다는 점이었다. 미국에서는 음색 선택이 버튼 하나로
가능했는데, 유럽에서는 친구들에게 "시간 되면 와줄 수
있니?" 하고 부탁해야만 하는 거창한 일이 되어버렸다.
그럼에도 유럽의 오르간은 그 어떤 악기도 따라올 수
없는 강력한 매력을 내뿜는, 역사와 건축과 문화를
품은 살아 있는 유산이다. "네가 연주하고 있는 그건
가브리엘 포레가 연주했던 악기야." "그건 바흐가 제작을
감독했던 오르간이야. 양차 세계대전이 터졌을 때 악기를
보호하려고 파이프를 모두 숨겨뒀다가 전쟁이 끝나고
다시 가져다 꽂았지!" 영화 같은 에피소드를 품은 역사의
증거물. 짧게는 백 년에서 길게는 수백 년의 역사를 지닌
파이프오르간의 깊이 있는 울림을 그 어떤 최신식 악기가
따라올 수 있을까. 오르간 건반에 손을 올리는 순간
느껴지는 지난 역사와 현재의 시간이 만나면 강렬하고

짜릿한 감각이 온몸을 뚫고 지나간다.

하지만 이처럼 멋진 악기의 고유한 특색이 곧 치명적인
약점이 되기도 하니, 바로 소리의 동력원이 연주자가
아닌 바람 상자라는 점이다. 아코디언이나 반도네온에도
바람 상자가 있지만, 그 바람의 양은 연주자가 원하는
대로 조절할 수 있다. 오르간 바람 상자의 작동 방식은
완전히 다르다. 산업 시대 이후 오르간의 규모가
커지면서 모터로 바람 상자에 공기를 공급하기 시작했다.
빵빵한 바람 덕분에 오르간은 건반에서 손을 떼거나
전원을 끄지 않는 한 늘 일정한 음량의 소리를 낼 수 있게
되었다. 다른 악기처럼 바람의 양으로 소리의 강약을
조절할 수 없게 되자 사람들은 파이프가 들어 있는
상자에 창을 달아 여닫으며 소리를 조절했다. 그러나
이 상자의 창문으로는 강약을 미세하게 조절하기가
쉽지 않은 데다, 강약 조절이 가능한 파이프도 전체 중
일부 뿐이다.

강약 조절이 쉽지 않은 오르간은 자기만의 방식으로
사람들의 마음을 훔쳐야 한다. 섬세하게 감정을
표현할 수 없으니 다른 차원의 아름다움을 추구해야
한다는 뜻이다. 인간의 폐활량은 태생적 한계를
지니지만, 무한대로 소리를 낼 수 있고 오래 지속해도

소리가 흐트러지지 않는 오르간은 듣는 이에게 흔들림 없는 안정감을 선사한다. 유약한 인간이 신의 품을 찾을 때, 오르간은 반듯한 소리로 신을 향해 노래하며 인간의 변화무쌍한 감정을 덤덤하게 덮는다.

당신을 부릅니다. 신이여.
기도하오니 저의 간구를 들어주소서.
이 시간, 저에게 당신의 은혜를 베풀어,
절망하지 않도록 도와주소서.
─ 〈내가 당신을 부르나이다, 주여〉(Ich ruf' zu dir, Herr Jesu Christ)

독일 성가에 기반해 작곡한 바흐의 오르간 작품에는 자신의 연약함을 인정하고 신께 마음을 의탁하는 신자의 바람이 담겨 있다. 오른손의 멜로디는 인간의 연약함을 묘사하듯 첫 두 음을 제외하고는 도약 없이 구슬프게 흐르지만, 평온하고 안정적인 왼손과 발 건반의 반주는 현재의 고통에서 구원받을 수 있으리라는 희망과 믿음을 담담하게 이야기한다.
온갖 종류의 악기 소리를 이론으로 연구해 파이프로 재현하는 형이상학적 악기. 악기에 연주자가 몸을

맞춰야 하는 친절하지 않은 악기. 인간의 감정에서
한 걸음 떨어져 인생을 관조하는 악기. 그래서 때때로
다시 오르간으로 돌아간다. 인류에 환멸을 느낄 때,
희망이 없다 느껴질 때, 신의 위로를 받고 싶을 때,
그 순간순간마다.

◆

바흐 J. S. Bach

《오르간 소곡집》 중 〈내가 당신을 부르나이다, 주여〉, BWV 639

〈트리오 소나타〉 3번, D단조, BWV 527

〈파사칼리아와 푸가〉, C단조, BWV 582

하프시코드:
하프시코드의 불꽃놀이

교회의 웅장한 오르간과 달리 하프시코드는 내밀한
　　살롱의 악기다. 오르간이 진지하고 반듯한 아폴론적인
　　악기라면 하프시코드는 감정을 여과 없이 드러내는
　　디오니소스적인 악기다.

희미한 탄식(Les Tendres Plaintes), 솔로뉴의 어리석은
　　자들(Les Niais de Sologne), 한숨(Les Soupirs),
　　즐거운 여인(La Joyeuse), 솔(La Follette), 뮤즈의
　　대화(L'Entretien des Muses), 소용돌이(Les
　　Tourbillons), 키클롭스(Les Cyclopes), 꼬마(Le Lardon),
　　절름발이 여인(La Boiteuse).

이것은 바흐와 동시대를 살았던 장 필리프 라모(Jean
　　Philippe Rameau)의 두 번째 하프시코드 악보집에
　　실린 작품의 제목들이다. 사적이고 은유적이면서 상상을
　　불러일으키는 제목에서 눈치챌 수 있듯, 하프시코드는
　　작곡가가 자신의 마음을 마음껏 표현할 수 있는

친밀한 악기다.

오르가니스트가 연주할 때 겪는 답답함 중 하나는 자신이
연주하는 자리(오르간 콘솔)에서는 연주하고 있는 음악이
제대로 들리지 않는다는 것이다. 한국에서 공부할 때는
실제 파이프오르간의 울림을 알 수 없어서 상상으로
채워야 했는데, 본고장에서는 건반 자리에 앉으면 내가
연주하는 소리를 제대로 들을 수가 없어서 다른 이들이
듣고 있을 소리를 상상해야만 했다. 교회의 구석구석을
채우고 돌아오는 울림 때문에 당장 귀에 들리는 소리만
믿고 그에 맞춰 연주하면, 연주 속도는 한없이 느려지고
음악은 생기를 잃는다. 그러니 오르간 연주자는 귀로 듣는
소리가 아니라 몸의 움직임을 믿어야 한다. 쉽지는 않지만
스스로의 감을 믿고 나가야 한다.

그래서였을까, 항상 내밀한 하프시코드를 동경했다.

오르간의 파이프로도, 펠트로 둘러싸인 피아노의 해머로도
닿을 수 없는 찰나의 파열음을 내는 악기. 강렬하게 울리는
소리로 사람에게 호소하기보다 작디작은 소리로 듣는 이를
끌어당기는 악기. 무엇보다 연주자도 청중도 동시에 같은
소리를 듣게 하는 악기. 작게 잘라낸 새의 부리(지금은
주로 플라스틱을 사용하지만)를 단 건반 장치가 가느다란
금속 줄을 뜯어야 소리가 나는 하프시코드는, 뭉툭해졌던

감각을 일깨우는 화려한 금속성 소리의 불꽃놀이를
선사한다.

하프시코드의 예민하고 섬세한 파열음은 일상의 소음
속에서는 너무나 미약하게 들린다. 기포가 터지는
소리까지 들릴 정도로 주위가 조용해진 뒤에야
하프시코드가 내는 음각(陰刻)의 미세한 표현을 느낄 수
있다. 희미한 탄식을, 뮤즈의 대화를, 그리고 누군가의
한숨을.

◆

라모 Jean Philippe Rameau

《손가락 움직임을 위한 연습곡과 하프시코드 모음곡 Pièces de
clavecin avec une méthode pour la mécanique des doigts》 중
〈희미한 탄식〉, RCT 3 No.1

《손가락 움직임을 위한 연습곡과 하프시코드 모음곡》 중
〈뮤즈의 대화〉 RCT 3 No.6

《하프시코드를 위한 새로운 모음곡》 중
〈야만인들 Les Sauvage〉, RCT 6 No.14

클라리넷:
감각의 경계에서

베를리오즈는 클라리넷보다 고결하고 순수하게 선율을
노래하는 악기는 없다고 말했다. 멀리서 들려오는
메아리, 메아리의 메아리로 아스라이 멀어져 가는
황혼 녘을 고귀하게 그려내는 악기는 클라리넷이
유일하다고 말이다. '메아리, 메아리의 메아리'라니,
머나먼 곳에서 들려오는 희미한 소리가 커졌다가 다시
부드럽게 잦아드는 듯한 클라리넷의 음색을 이보다
멋지게 묘사할 수 있을까.
조에는 흔들림이 없는 학생이었다. 항상 최선을 다해
연습했다. 클라리넷을 시작한 아홉 살 때부터 음악원을
졸업하던 열여덟 살 때까지 큰 굴곡 없이 꾸준히 앞으로
나아갔다는 점이야말로 조에의 커다란 재능이었다.
화려하게 자신을 드러내지 않았지만 모든 선생이
조에를 신뢰했다. 그런 조에의 음악원 졸업 연주 시험
전날, 마지막 연습을 할 때였다. 프로그램 중 하나가

모차르트의 〈클라리넷 오중주〉 2악장이었다. 유명한
곡이고 다른 작품에 비해 그리 난해한 작품이 아니므로
리허설이 금방 끝나리라 예상했다. 그러나 조에의 선생은
계속해서 피아니시모를, 아니 피아니시시시모를 요구했다.
피아노 반주를 하던 내가 들어도 저 정도면 악보에서
요구하는 가장 작은 소리인 것 같은데, 선생은 "아냐,
더 작게!"만 외쳐댔다. 조에는 최선을 다했지만, 선생의
마지막 말은 "내일은 그것보다 더 작게 연주해"였다.
시험 당일, 30분가량 이어지는 길고 어려운 작품을 완벽하게
끝낸 조에는 모차르트 연주를 시작했다. 그리고 문제의
그 부분에 이르렀을 때 이전에는 들어본 적 없는, 아주
작은 소리로 연주했다. 그 순간, 연주장에 있는 심사
위원과 청중들이 모두 사라지고 온 세상이 진공 상태로
빨려 들어가는 것만 같았다. 소리가 세상을 흡수하는
순간. 무대 위에서 함께 연주하는 내 몸에도 강렬한
전율이 일었다. 졸업 시험이 끝났을 때, 음악원에서 가장
사회성 없기로 유명한 지도 교사의 눈에 눈물이 고여
있었다. "고맙다, 정말 고마워. 이렇게 기가 막힌 경험을
선물해줘서."
'스며든다'라는 말에는 시작의 경계가 분명치 않다는
의미가 담겨 있다. 클라리넷 소리를 듣고 있노라면,

194

우리가 지각하기 전부터 존재했던 소리가 아주
멀리서부터 다가와 우리 귓속으로 스며드는 듯하다.
이는 클라리넷이 지닌 강점이다. 시작뿐 아니라 끝도
마찬가지다. 데크레센도(Decrescendo: 점점 작게)를
넘어 스모르찬도(smorzando: 죽어가듯이)로 희미하게
사라지는 순간을 노래한다. 가장 마지막 순간까지 연주자
스스로 소리를 제어할 수 있는 영역이 다른 악기보다
클라리넷이 훨씬 넓다는 뜻이다. 전문 연주자가 자신의
작품을 마지막까지 매섭게 다듬을 수 있는 이유는 그가
감지할 수 있는 영역이 남들보다 넓고 깊기 때문이다.
일반인의 어두운 눈과 귀로는 감각하기 어려운 영역을
표현하기에 우리는 음악을 들으며 이성의 언어로
설명할 수 없는 우아하고 따스한 위로를 받는다.

◆

모차르트 W. A. Mozart, 〈클라리넷 오중주〉 A장조, 2악장, K.581

풀랑 Francis Poulenc, 〈클라리넷과 피아노를 위한 소나타〉,
2악장 로망스

트라베소:
그 무해한 식물성 소리

마지막 수업을 마치고 서둘러 연주장으로 향했다. 청중이
꽉 들어찬 연주장의 불은 이미 꺼져 있었고, 나는 숨을
죽인 채 마지막 줄에 앉았다. 마음씨 좋은 할아버지 같은
연주자가 억양 강한 프랑스어로 연주할 곡목을 상냥하게
소개하고는 악기를 들었다. 대금을 닮은 악기 트라베소의
대가 바르톨드 쿠이켄(Barthold Kuijken)이었다.
음반으로 종종 듣던 연주였지만, 그날 저녁의 연주는
달콤한 소리를 피부로도 느끼는 특별한 시간이었다.
화려한 음악당이 아닌 소박한 음악원의 연주회장에서
동료들과 함께 듣는 대가의 연주는 그간의 피로를 스르륵
녹여 내는 신비의 물약과도 같았다.
트라베소는 17~18세기에 사용된 현대 플루트의 전신이다.
플루트와 마찬가지로 연주자가 미세하게 불어넣은
호흡이 악기를 통과하며 소리를 낸다. 플루트보다 음량이
작은 트라베소의 음색은 물을 머금은 식물처럼 신선하고

부드러우며, 적당히 힘이 빠진 울림은 악기가 가진 나무의 질감을 살려내 서늘한 바람이 부는 숲 한가운데 서 있는 듯한 느낌을 준다.

그가 연주회의 문을 연 작품은 텔레만의 A단조 〈환상곡〉. '환상'이라지만 환상 동화나 초현실주의 작품처럼 몽환적이고, 신비로운 상상으로 가득한 음악은 아니다. 클래식 음악에서 환상곡은 작곡가가 원하는 방법으로 기존 형식을 재구성한 작품을 말한다. 즉흥곡처럼 형식을 벗어나 자유롭게 연주하는 작품과는 달리 작곡가만의 구조를 성실하게 따르는, 틀이 분명한 장르이다. 그러니 환상곡이라 해서 이름처럼 환상적인 작품을 기대하면 안 된다. 그보다는 작곡가가 프랑스, 이탈리아, 독일 등 각 나라에서 발전시킨 형식을 기반으로 이전에 없던 구조를 창조하는 장르이니 '환상적 구조'라고 말하는 편이 어울릴 것이다.

그날 저녁, 쿠이켄 선생님이 선사한 한 시간의 무반주 연주는 칠순에 가까운 노장이 바라보는 삶과 사랑을 담아 축복처럼 연주장을 가득 채웠다. 그저 나무 관을 통과했을 뿐인 음악가의 호흡이 위로의 노래로 울려퍼지는 것을 보면 신이 숨결을 불어넣어 인간에게 생기를 주었다는 말이 거짓은 아닌 것 같다. 젊은 시절의 욕심과 혈기가

사라지고 하늘이 내린 재능이 풍성히 무르익은 섬세한
숨결은 그 어떤 소리보다 경건하다. 아름다움을 고민하는
일에 평생을 바친 예술가들은 우리에게 항상 같은
이야기를 전한다. 2017년 파리 퐁피두 전시의 출구에
적혀 있던 데이비드 호크니의 글귀처럼.

"삶을 사랑하라."

◆

텔레만 Georg Philipp Telemann

〈환상곡〉, 2번 A단조, TWV 40:2~13

〈트라베소와 리코더를 위한 협주곡〉, TWV 52:e1

피아노:
틀린 음을 소화하는 법

피아노를 배우다가 쇼팽 에튀드에 이를 무렵이면 '이제
나도 테크닉과 정면 승부를 봐야 하는 건가, 하하하'라는
묘한 도전 의식이 피어난다. 물론 쇼팽이 끝나면 리스트,
리스트가 끝나면 드뷔시, 그다음은 라흐마니노프로,
도전 과제는 계속 이어진다. 그러나 에튀드의 진정한
아름다움은 완벽한 테크닉으로 연주하기를 꿈꾸는
시기에서 벗어나야 비로소 느낄 수 있다는 점에서
역설적이다.

에튀드는 연주 테크닉을 발전시키기 위한 연습곡이다.
하지만 명민한 작곡가들이 이런 재미있는 과제를
그냥 둘 리가 있나. 쇼팽은 특정 테크닉을 주제로 삼고
발전시킨 열두 개의 소품을 묶어 Op.10과 Op.25
연습곡집을 펴냈다. 오른손 아르페지오(펼침화음), 왼손
아르페지오, 양손 아르페지오, 옥타브 연습, 3도 트릴
연습 등 악보를 보면 '이 어려운 걸 한데 모아놓다니,

너무 심한 것 아닌가?' 싶기도 하지만, 작품에 빠져 한 곡씩 연습하다 보면 나도 모르게 향상된 실력을 확인할 수 있는, 지극히 실용적이고 아름다운 연습곡이다.

인기가 많은 작품에는 별칭이 붙기도 한다. Op.10의 3번은 선율의 서정성 때문에 〈이별의 곡〉이라는 부제가 붙었고, 5번은 오른손이 한 음을 제외하고 검은 건반만 연주한다고 해서 〈흑건〉이라 불리며, 12번은 러시아군이 폴란드의 수도 바르샤바를 점령했다는 소식을 듣고 쓴 전투적인 분위기의 곡이라 〈혁명〉이라는 별칭을 갖게 되었다. Op.25의 2번은 〈꿀벌〉, 9번은 〈나비〉, 11번은 〈겨울바람〉, 12번은 〈대양〉이다. 쇼팽 사후에 편집자들이 붙인 별칭이니 작곡가가 동의했는지는 알 수 없지만, 작품을 직관적으로 표현하는 제목이라 지금도 널리 통용된다.

그중 가장 독특한 별칭은 Op.25의 5번 〈틀린 음〉이다. 제목이 암시하듯이 악보의 첫 페이지는 제아무리 정확하게 연주해도 틀린 음을 연주하는 것처럼 들린다. 소위 '음이탈'이라고 불리는 틀린 음들의 향연. 다행히 쇼팽은 처음부터 끝까지 '음이탈'이 계속되도록 놔두지 않는다. 틀린 음과 맞는 음을 동일한 리듬으로 연주해 틀린 음 덕에 선율이 부드럽게 연결되도록 하거나, 틀린 음을 정해진 박자보다 먼저 연주해 매력적인 꾸밈음으로 만들어서

미묘하게 편안하게 들리도록 하는 식이다. 또한 부드럽게 흐르는 중간 부분을 지나 다시 처음의 주제로 돌아오면, 틀린 음은 여전히 그 자리에 있지만 맞는 음이 추가되어 이전보다 자연스럽게 들린다. 그 덕에 틀린 음의 효력은 훨씬 약해지고, 자연스러운 음정들 속에 섞여 화려한 색채를 가미하는 양념 역할을 한다.

음악은 어울리는 음과 어울리지 않는 음으로 이루어진다. 아니, 이 문장은 틀렸다. 그 어떤 음도 서로 어울릴 수 있다. 보다 자연스럽게 어울리는 음이 있고, 언뜻 듣기에 어울리지 않는 것처럼 들리는 음이 있다. 부자연스러운 음도 어떤 맥락에서 어떤 비중으로 연주하느냐에 따라 의미 있는, 혹은 매력 있는 음이 된다. 틀렸다고 고개를 돌려버리는 대신 유연한 관점을 갖춰야 하는 이유다. 한 가지 문제에 천 가지 답이 있다고 하지 않는가.

◆

쇼팽 Frédéric Chopin

《피아노 에튀드》Op.25, 5번 E단조 〈틀린 음〉

〈피아노 협주곡〉, 2번 F단조 2악장, Op.21

《녹턴》20번, C#단조 Op. posth(사후 출간)

《녹턴》Op.9 1번, B♭단조

라벨의 왈츠:
건반 위의 머뭇거림

오랫동안 머리를 맴돌던 선율이었다. 엄청나게 긴
프레이즈가 끝없이 머뭇거리며 이어지는, 숨이 막힐 듯
아름다운 선율. 라벨의 〈피아노 협주곡 G장조〉 2악장,
아다지오 아사이.

협주곡을 쓰면서 라벨은 수도 없이 머뭇거렸다. 관습처럼
내려오던 독주자와 관현악의 이분법적인 대립
구조가 그에게는 너무나 버거웠다. 독주(獨奏) 악기인
피아노가 독주(獨走)하지 않을 때 가능한 다양한
세계를 소개하고 싶었던 라벨은, 협주곡 대신 가벼운
디베르티스망(유흥 음악)을 쓰고자 했다. 〈왼손을 위한
협주곡〉을 쓰던 시기였으니 그럴 만도 했다. 제1차
세계대전에 참전했다가 오른팔을 잃은 피아니스트 파울
비트겐슈타인(Paul Wittgenstein)의 요청에 따라 작곡한
〈왼손을 위한 협주곡〉은 태생적으로 어둡고, 우울하고,
명상적일 수밖에 없었다. 왼손으로는 피아노의 낮은

음역에서 연주하는 것이 훨씬 편하고, 왼손만으로 60명이
넘는 관현악단의 소리를 상대하려면 그에 어울리는
분위기가 필요했을 테니까.

그에 반해 〈피아노 협주곡 G장조〉는 빛이 드리운 창가처럼
밝다. 특히 2악장은 라벨의 작품 중에서 가장 서정적이다.
아다지오 아사이, 한없이 여유롭게 흐르는 초반 3분의
피아노 독주 파트는 1악장을 숨 가쁘게 달려온 관현악단
단원들마저 피아노 연주에 빠져들게 만든다. 3박자의
소박한 왈츠처럼 시작하는 단아한 피아노 선율. 그러나
이 소리를 들으면 들을수록 왈츠를 추기는커녕 모래사장을
걷는 듯 걸음을 떼기가 힘들다. 이 편안하고 소박한 선율은
왜 자연스레 흐르지 못하는 걸까.

악보를 펼치면 라벨이 사용한 트릭이 보인다. 박자는
예상한 대로 4분의 3박자, 왈츠 리듬. 오른손은 4분의
3박자에 맞춰 평이하게 흐르는 반면, 왈츠의 리듬을
만들어내는 왼손 반주는 4분음표가 아니라 8분음표로
이루어져 있다. 오른손이 한 마디를 지나는 동안 왼손은
왈츠의 리듬을 두 번 연주하고, 그렇게 오른손의 리듬을
매 순간 비껴간다. 아다지오의 느린 속도 때문에 우리는
본능적으로 왼손 연주에 귀를 기울이게 되니, 오른손의
선율은 늘어진 테이프 소리처럼 들린다. 양손의 엇갈리는

강박(強拍) 때문에 편안하게 들려야 할 선율은 그 어느
곳에서도 긴장을 놓지 못한 채 길고 긴 노래를 힘겹게
끌고 간다. 눈치 없이 홀로 노래하지 않으려고 오른손의
선율은 더 없이 묵직해진다. 결국, 눈물을 떨굴 정도로.
라벨은 음정도 제대로 맞지 않는 시골집의 오래된 피아노
소리를 좋아했다. 세월을 간직한 소리는 완벽하게
조율된 연주장의 그랜드 피아노와 달리 듣는 이들의
기억을 환기해 다른 세계로 통하는 문을 열기 마련이다.
2악장의 첫 3분간 지속되는 피아노 독주가 끝나기를
기다렸다가 마침내 소리를 내는 플루트의 첫 음은, 실제
연주회 현장에서는 피아노에 완벽하게 맞추기 쉽지 않다.
주자의 실력이나 노력과는 무관하게, 연주장의 온도와
악기를 쥔 자신의 체온까지 제어하기란 불가능하기
때문이다(플루트를 비롯한 관악기는 온도에 따라
미세하게 음정이 변한다). 그래서 피아노 소리에 이어서
등장하는 플루트의 첫 음은 항상 살짝 틀어져 있다.
피아노에 빠져 있던 청중은 미세하게 왜곡된 음정으로
등장하는 플루트 소리에 깜짝 놀라 꿈에서 깨지만,
노련한 플루트 주자가 재빠르게 음정을 조절하는 사이,
다시 꿈으로 빠져든다. 완벽하게 녹음된 음반으로는
경험할 수 없는 오묘한 순간이다.

독주가 끝나고 다른 악기가 합류하면, 피아노는 플루트, 오보에, 클라리넷, 바순으로 연결되는 관악기를 반주하며 조금 전까지와는 다른 색채로 존재를 드러낸다. 4분음표를 여섯 개로, 여덟 개로 그리고 열두 개로 분할하는 오른손의 리듬은 왼손 왈츠 반주의 8분음표와 중첩되며 분위기를 고조시킨다. 어긋나는 박자는 없지만 끝없이 비껴가는 강박으로 인해 오른손과 왼손은 함께 연주하면서도 서로 다른 층위의 입체적인 구조를 만들어낸다. 독주와 반주, 전경과 후경을 마음껏 넘나들며 오른손과 왼손의 서로 다른 시간성을 표현하는 피아노, 각 관악기가 빚어내는 또 다른 층위들, 그 모두를 부드럽게 감싸는 현악기 파트의 조화는 아라베스크의 복잡하고 정교한 기하학무늬를 소리로 옮겨놓은 양 그저 신비롭다.

피아노 독주 파트의 주제를 그대로 연주하며 들어오는 잉글리시호른은 피아노와 사랑을 나누듯 이중주를 끌어간다. 잉글리시호른이 노래하는 부드럽고 우수 어린 주제 선율은 피아노 소리로는 표현하지 못한 아픈 마음을 대신 노래하는 듯하다. 액자소설 같았던 이중주가 끝나고 관악기들이 하나둘 떠나간 뒤, 피아노는 옅은 트릴을 오랫동안 연주하다가 약음기를 끼운 먹먹한 현악기 음향 속으로 기화하듯 사라진다.

모차르트의 〈클라리넷 오중주〉 2악장 라르게토를 닮았지만,
　　그보다 더 슬프고 머뭇거리듯 힘겹게 나아가는 곡.
　　초연을 했던 피아니스트 마르그리트 롱(Margeurite
　　Long)이 긴 호흡의 피아노 선율을 연주하기 힘들다고
　　지적하자 라벨은 이렇게 대답했다. "(선율이) 흐르지만,
　　마디 단위로 작곡되었다는 걸 잊지 마세요. 그 마디마다
　　녹초가 될 정도로 힘들어야 합니다."
쉬운 듯 보이는 오른손의 선율은 그래서 쉽게 흐르지
　　못한다. 매 순간 온 힘을 다해 연주하고 다음 마디를
　　향해 나아가야 한다. 그렇게 연주자의 손은 건반 위에서
　　힘겹게, 그러나 우아하게 왈츠를 춘다. 아름답고
　　진지하게, 상처 난 발로 한걸음씩 스텝을 밟듯이.
누가 그랬던가, 인생은 춤과 같다고.

◆

라벨 Maurice Ravel

〈피아노 협주곡 G장조〉 2악장, 아다지오 아사이, M.83

〈죽은 왕녀를 위한 파반느〉, M.19

《어미 거위 모음곡》 중 5번, 〈환상의 정원〉, M.60

〈물의 유희〉, M.30

블로흐의 〈유대인의 삶〉:
이방인의 기도

고향을 떠난 이방인은 언제나 자신의 근원을 돌아본다.
자의든 타의든 새로운 삶을 찾아 고향을 떠났지만,
타국에서의 삶은 늘 원주민과 나의 다름을 자각하는
과정의 연속이다. 아무리 잘 적응한다 해도, 모국의
문화와 가치는 마음의 지문과 같아서 떼어낼 수 없는
꼬리표가 된다.

어느 날, 장-자크 아저씨가 내게 커다란 상자를 내밀었다.
"이 편지들을 한번 읽어봐줄래?" 아저씨의 아버지는
한국인으로, 100년 전 프랑스에 와서 독립운동을
하셨다는 얘기를 들은 적이 있다. "100년 전에 프랑스에
오셨다고요? 게다가 독립운동을 하셨고요?" 그때도
프랑스에 온 사람이 있다는 게 그저 신기할 뿐, 그리
와닿지 않는 이야기였다. 더군다나 독립운동이라니.
내 눈엔 그저 프랑스 노인으로 보이는 아저씨가 내민 상자
안에는 역사책에 나오는 인물들과 나눈 편지, 한국의

가족들이 아저씨의 아버지에게 보낸 편지와 각종 서류가
들어 있었다. 여러 나라의 국경을 넘어온 신분증, 한국의
가족들이 보낸 깨알같이 작은 글씨의 편지, 나라를 잃은
원통함이 가득한 아저씨 아버지의 자필 편지가 지난
100년간 프랑스의 어느 집 한구석에 있다가 지금 내 손
안에 있다는 것이 믿기지 않았다.

디아스포라. 일제강점기 초반 유럽으로 온 한국인들이
있었다. 독립운동을 하다가 중국과 만주를 거쳐
러시아에 이르게 된 한인 노동자들은 러시아 혁명이
터지자 일본으로 송환되는 것을 피하려고 필사적으로
해외에 구조 요청을 보냈다. 1919년, 제1차 세계대전이
끝나고 강대국들이 종전을 위한 강화 회의를 열 무렵,
대한제국에서 파견한 특사들과 함께 파리에서 일하고
있던 젊은이 황기환은 러시아에 묶인 한인들을 구하기
위해 백방으로 뛰었다. 그 결과 500여 명 중 30명 남짓한
이들을 프랑스로 데려오는 데 성공했고, 그들 중 장-자크
아저씨의 아버지가 있었다.

한인들은 전쟁으로 폐허가 된 지역에서 일하며 삶을
이어나갈 수 있었다. 그들은 고향을 그리워하며 해방의
날만 기다렸다. 프랑스에 살면서도 일본으로 송환될까
두려워했고, 그 두려움은 제2차 세계대전이 끝나고 조국이

완전히 해방될 때가지 계속되었다. 타향에서의 고된 삶, 고향에 두고 온 가족과 친구에 대한 미안함과 그리움, 배고픔과 죽음에 대한 공포, 일상과 자유를 박탈당했다는 원통함은 19세기 말에서 20세기 초를 살던 전 세계인의 공통된 기억이었다.

에른스트 블로흐는 1880년 스위스에서 태어난 유대인 작곡가다. 제1차 세계대전이 끝난 후 반유대인 정서가 점점 더 커지자 그는 미국으로 떠난다. 미국인으로 귀화한 1924년, 블로흐는 세 악장으로 된 〈유대인의 삶〉을 작곡했다. 유럽을 떠나 미국 시민이 될 수밖에 없었던 자신의 정체성을 받아들임과 동시에 그로 인해 배척당해야 하는 현실에 대한 슬픔과 원통함을 담았다. '기도'(Prayer)와 '탄원'(Supplication) 악장을 노래하는 첼로의 깊고 낮은 울림은 듣는 이의 심장을 짓누른다. 홀로코스트를 피하고 미국에서 누린 음악 활동이 그를 행복하게 했을까? 평생 음악으로 유대인의 문화와 정서를 기록하면서 그가 지닌 마음의 짐을 조금이라도 덜 수 있었을까?

장-자크 아저씨의 아버지는 언젠가 고향으로 돌아가리라는 마음으로 평생을 버텼다. 제2차 세계대전이 터지고 독일군이 파리를 함락했을 때는 독일과 연맹을 맺은

일본군이 자신을 찾으러 올까 봐 공포에 떨었다. 그가
고국을 떠난 지 스물여덟 해가 되었을 때 고대하던 해방을
맞았다. 그는 가족과 함께 고향으로 돌아갈 준비를 했으나
여비가 충분치 못해 귀향을 늦추었고, 돈이 마련되었을
때는 한국전쟁이 일어났다. 이어 들려온 부모의 부고.
고향으로 돌아가리라는 희망을 잃으면서 그의 몸과 마음은
쇠약해졌고 결국 한국전쟁이 끝나고 몇 년 후 세상을
떠나고 말았다.
늘 고향을 그리는 이는 타지에 오래 살아도 그곳에 마음의
뿌리를 내리기 쉽지 않다. 블로흐는 자신을 '속하지 못한
시대의 잃어버린 화석'이라 불렀다. 자신이 사는
시대에 속하지 못한 이는 평생 아픔을 안고 살아간다.
존재를 부정당하는 뼈아픈 경험은 동시대의 노래가
아닌 먼 옛날의 노래를, 부모의 노래를, 지금을 사는
이들은 알지 못하는 노래를 부르도록 만든다. 장-자크
아저씨가 기억하는 아버지의 노래는 〈아리랑〉이었다.
한국어는 못하지만, 아버지가 한국 사람들과 함께 부르던
〈아리랑〉만큼은 정확하게 기억하고 있었다. 아버지에
대한 사랑과 이방인의 가족으로서 겪어온 서글픈 기억이
스며든 아저씨의 〈아리랑〉.
이방인이 되어서야 눈에 보이는 것이 있다. 당신과 나의

다름. 내가 그곳에 있어야 하는 이유를 끊임없이
설명해야 하고, 당신과 내가 다른 이유를 언제나
되새김질하게 된다. 그 다름의 경계에서 양쪽을
저울질하며 아슬아슬하게 사는 동안 차별과 혐오에
대한 촉수가 돋아난다. 하지만 당신과 나의 다름이
국적과 인종에만 있을까. 다름은 상대적이어서 누구나,
언제라도, 순식간에 이방인이라는 약자의 위치에 설 수
있다. 블로흐의 〈기도〉가 유대인만의 기도가 아닌
이유다. 흑인, 조선인, 여성, 어린이, 노동자, 우리 모두의
기도가 된다.

100년 전 프랑스로 간 독립운동가, 장-자크 아저씨
아버지의 이름은 '홍재하'이다. 2019년 독립운동의
공로를 인정받아 애족장을 받았고, 꿈에 그리던 고국으로
유해가 송환될 예정이다.

◆

블로흐 Ernest Bloch

〈유대인의 삶〉 중 I. '기도 Prayer', B.54

〈바알 셈: 하시디즘적 삶의 세 이미지〉 중 II. '니군 Nigun', B.47

〈콘체르토 그로소〉, B.59

관현악과 첼로를 위한 교향시, 〈광야의 목소리 Voice in the
Wildness〉, B.70

에릭 사티의 〈벡사시옹〉:
840번의 반복, 고행 속의 희망

이 모티프를 840번 반복해 연주하기 위해서 사전에
고요하고 진지하게 부동의 자세로 준비할 것을 권한다.
— 에릭 사티

코로나 바이러스로 모든 공연 및 음악회가 취소되었다.
　하지만 집에 갇혀 있다고 음악가들이 연주를 멈추리라
　생각하면 오산이다. 유럽에서 가장 먼저 바이러스가
　퍼지기 시작했던 이탈리아에서는 격리된 사람들이
　아파트 발코니에 나와 노래를 불렀고, 발 빠른 음반
　관계자들은 유명 피아니스트가 집에서 연주하는 영상을
　전 세계로 송출했다. 그뿐 아니라 자발적으로 SNS에서
　매일 연주를 들려주는 음악가들이 있다. 공연이 취소되어
　당장 생계를 위협받는 와중에도 집에 갇힌 동시대
　청중들을 달콤하게 위로해주었다.
그중 내 시선을 강력하게 사로잡은 것은 에릭 사티의

〈벡사시옹〉을 선곡한 이고르 레빗의 인터넷 연주회였다. 자신이 가장 좋아하는 작품을 멋들어지게 연주하는 다른 피아니스트들과 달리 하필 이 고통스러운 작품을 선택한 이유가 무엇이었을까? 그는 연주 전 인터뷰에서 이렇게 말했다. "연주를 잘 해낼 수 있을지는 모르겠습니다. 누가 알겠어요? 연주하다 중간에 쓰러질지. 하지만 이것만은 알아요. 이 연주가 끝나고 나면 나는 달라져 있을 겁니다." 이 피아니스트는 넉 줄짜리 악보를 840번 연주하라는 사티의 지시를 문자 그대로 받아들여 15시간 40분에 걸쳐 연주를 마치는 데 성공했다.

예상치 못한(전문가들은 이미 예상했다는) 바이러스의 습격으로 모두가 일상을 잃고 한치 앞을 내다보기 힘들어진 시점에 〈벡사시옹〉을 연주하는 것은 의미하는 바가 크다. 연주자의 지구력은 아직 세상이 끝나지 않았으니 기운을 내라는 메시지가 될 수도 있겠다. 하지만 무엇보다 연주자 개인이 이 작품을 끝까지 연주하는 동안 겪어내는 심리적 변화가 무척 클 것이다. 이 작품을 초연한 존 케이지는 연주를 마친 뒤, 자신과 자신을 둘러싼 모든 세계가 바뀌었다고 말했다.

연주가 진행되는 동안 레빗의 얼굴에는 온갖 감정이 스쳐 지나갔다. 분노, 두려움, 슬픔, 황폐함, 도전, 짜증, 편안함,

무욕. 홀로 840번의 반복을 견뎌내면서 되돌아보았을
자기 자신과 세상도, 몇 시간이 지나고부터는 그저
연주를 끝까지 해야 한다는 마음과 육체적 고통으로
인해 조금씩 잊혔으리라. 고행과도 같은 연주가 끝나갈
무렵 피아니스트의 주변에는 그가 한 번 연주할 때마다
떨어뜨린 업보와도 같은 악보들이 흰 꽃처럼 펼쳐졌다.
이후 인터뷰에서 그는 연주하는 동안 겪은 모든 감정이
그 어떤 심리적 경험보다 감동적이었다고 말했다.

시간이 흐르는 동안에는 마음도 멈추지 않고 흐른다.
그래서 840번의 연주는 매번 다르다. 같을 수가 없다.
840번의 반복은 840번의 새로운 창조가 된다. 그 시간을
경험한 사람만이 누릴 수 있는 해탈의 경지. 음악으로
올리는 108배, 아니 3000배쯤 될까. 실제로 레빗은
의도적으로, 그리고 비의도적으로 매번 다른 연주를
보여준다. 그의 육체와 심리의 고통으로 변주되는
사티의 음악은 도무지 외우기 쉽지 않은 일련의 이명동음
화성 진행을 우리 몸에 자연스레 새겨 넣는다. "이해가
되지 않는다면 그저 경건하게 침묵하고 겸손하기를."
또 다른 작품의 서문에 적어놓은 사티의 말처럼 세상이
어떻게 흘러가는지, 나의 삶은 어디쯤 있는지, 우리가

존재하는 이유는 무엇인지 도무지 이해하기 힘든 고행의
시기에 일단 840번은 버텨보기로 마음먹는다. 그러고 나면
이성과 감각을 넘어 깨닫는 바가 있으리라.

◆

에릭 사티 Erik Satie

〈벡사시옹 Vexations〉

〈너를 원해 Je te veux〉

〈세 개의 짐노페디 Trois gymnopédies〉

〈세 개의 그노시엔 Trois gnossiennes〉

베토벤의 〈합창 교향곡〉:
환희의 시, 환희의 노래

혁명의 시대를 살았던 피 끓는 예술가 베토벤이 실러의 시
「환희에 부쳐」(An die Freude)를 그냥 흘려버릴 리는
없었다. 그 시에 음악을 붙이겠다는 결심은 평생
그를 따라다녔다. 프랑스 혁명이 심어준 '자유, 평등,
박애'의 정신은 그의 영혼 깊이 뿌리를 내렸다. 인류를
구원할 줄만 알았던 나폴레옹이 신의를 저버리고
황제가 되었을 때 그는 분노를 감추지 못했고, 그로
인해 생계를 위협 받기도 했다. 베토벤은 그렇게 시대를
마음에 담았다.

청력에 문제가 생기기 시작한 스물일곱 살 무렵부터, 그는
철학자가 되겠다고 생각했다. 외부 소리가 멀어질수록
내면의 세계는 커졌고, 부족하기만 한 자신에게도
신성(神性)이 깃들어 있음에 감사했다. 그는 인간의
심연에 감춘 사랑과 고귀함이 음악을 통해 발현되는
철학을 꿈꾸었다. 그리고 음악이 그 어떤 연설보다도

강력하게 이상을 전할 수 있다고 믿었다.

「환희에 부쳐」를 마음에 품은 후 교향곡으로 완성하기까지
베토벤에게는 오랜 세월이 걸렸다. 실러의 시에 들어 있는
인류애를 음악으로 전달하기 위해서 얼마나 많은 숙고가
거듭되어야 하는지 알았기 때문이었다. 실러 조차도
자신의 시가 사람들을 설득하지 못했다 후회할
정도였으니까.

⟨합창 교향곡⟩은 70여 분 동안 연주하는 긴 작품이다.
듣는 이에게도 연주하는 이에게도 부담스러운 긴 시간
동안, 베토벤은 인류를 향해 전하고 싶은 이야기를 쏟아
놓는다. 이전보다 규모가 커진 관현악은 자연이 가진
강력한 힘과 숭고함을 전하기에 더없이 어울리고, 쉼 없이
몰아치는 긴장과 이완으로 펄떡이듯 살아 숨 쉬는 구조는
음악으로 견고하게 세계를 건축한다. 두려움, 분노, 기쁨,
평안, 즐거움, 불안, 위로, 갈등, 관조, 좌절, 명상, 회상,
숭고, 열망, 그리고 환희까지, 온갖 감정을 표현한 관현악
연주를 듣다 보면 인간의 목소리는 잊힌다. 굳이 인간의
목소리를 보태지 않아도 세상은 완벽하게 돌아가기
때문이다.

하지만, 바리톤 솔로가 "친구들이여! 지금까지 부른 노래
말고, 환희의 새 노래를 부르자"고 외치는 순간, 지금까지

쌓아온 단단했던 세계가 허물어져 내린다. 여태껏 잊고
있던 인간을 향한 그리움이 마구 솟구치며 관현악이
지금까지 그려온 추상적 감정에 이름을 붙이기 시작한다.
이성적 판단 없이 들리는 대로 경험했던 온갖 감정은
가사와 결합하며 의미를 덧입고, 메시지가 되어 우리의
심장을 꿰뚫는다. 베토벤은 「환희에 부쳐」 중에서 환희와
관련된 부분만 가사로 사용했다. 교향곡이 절정에
이르는 부분에서 합창은 모두가 아는 그 선율로 환희를
노래한다.

환희여, 아름다운 신의 광채여, 낙원의 딸들이여,
우리 모두 정열에 취해
빛이 가득한 성소로 들어가자
가혹한 현실이 갈라놓았던 것을
신비로운 그대의 힘으로 다시 결합시키는도다
그대의 부드러운 날개가 머무르는 곳에서
모든 인간은 형제가 되노라
[KBS교향악단 제749회 정기연주회 자막을 참고했다.]

미사곡이나 오라토리오, 오페라처럼 합창을 관현악으로
반주하는 작품은 이전에도 많았다. 하지만, 교향곡에
사람의 목소리를 악기처럼 사용하는 경우는 베토벤이
처음이었다. 단순히 남이 하지 않은 시도를 선점하기 위해
합창을 끌어들였다 생각하면 오산이다. 단단해질 대로
단단해진 인간의 마음을 움직이기 위해서는 우선 감동의
경험이 필요하다고 베토벤은 생각했다. 관현악을 들으며
이유를 알 수 없는 공통의 감정을 지나온 사람들에게
인류애로 빛나는 환희의 노래는 이성으로 이해되기 전에
심장을 먼저 울린다.

전 세계적으로 전염병이 유행하기 시작했고, 사람들이
모이는 것은 위험한 행위가 되었다. 보이지 않는 적과
싸우느라 일상은 자주 멈추고 불안감은 모두의 영혼을
잠식 중이다. 삶에 필수적이지 않은 것들이 하나씩 문을
닫았다. 연주회장이 가장 먼저 문을 닫았다. 우리의 생존이
위협받을 때 예술은 무엇을 하는가 ?

〈합창 교향곡〉에는 두 개의 행진곡이 나온다. 1악장을
마무리하는 〈장송 행진곡〉과 4악장 중간에 나오는
〈터키 행진곡〉이다. 죽음 앞에서, 그리고 전장에서
함께 걸을 수밖에 없는 인간의 운명을 베토벤은 인류가
기억하기를 바랐다. 각자의 생존을 이유로 이웃을

저버릴 수 없음을, 그리고 결국 인간을 향한 사랑이
가져다줄 환희를 음악으로 체험하고 새기기를 바랐다.
언어로 다 표현할 수 없는 수많은 감정은 음악 안으로
녹아든다. 아이를 안고 부르는 자장가에 깃든 사랑,
일할 때 부르는 노동요에 감춘 고단함, 누군가의 마지막
길에 함께 부르는 노래에 가득한 회한과 위로는 듣는
이가 누구든 그의 심장을 포용한다. 서로를 기억하고
사랑하라는 말은 함부로 입 밖으로 꺼내기 힘든
시절이다. 해묵은 인류애를 들먹이는 것도 의도를
의심받기 십상이다. 음악은 다르다. 수백 년이 지나도
음악으로, 음악이 전하는 메시지로 뛰는 내 심장은
진실하기 때문이다.
음악은 나를, 당신을, 우리 모두를 향해 사랑하라고 전한다.

◆

베토벤 Ludwig van Beethoven
〈교향곡 9번〉 D단조 〈합창〉, Op.125

오늘은 오늘의 음악을 배운다

어느 날 엄마가 어디선가 아이들에게 피아노를 가르치면
좋다는 얘기를 들었던 게 틀림없다. 내가 먼저 피아노를
배우고 싶다고 조른 기억은 없으니 말이다. 내가 정말
피아노를 배우고 싶은지 생각해볼 겨를도 없이 엄마와
함께 처음으로 피아노 학원에 갔던 날, 그날의 첫 수업이
아직도 생생하다. 피아노 위에 놓인 그림책 속 검은
동그라미가 줄에 걸린 채 오르내릴 때마다 다섯
손가락으로 건반을 누르는 것이 신기하고 재미있었다.
선생님은 오른손의 엄지와 검지에 번호를 붙이면서
1번은 '도', 2번은 '레'라고 이름을 알려줬고, 나는
"그럼 3번은 뭐라고 불러요?"라고 물었다. "그건 내일
오면 알려 줄게." 선생님이 던진 미끼를 나는 콱
물어버리고 말았다.
나의 첫 피아노는 긴 널빤지 위에 붙인 종이 건반이었다.
피아노가 널리 보급되지 않던 시절, 피아노 교본을 사면

두꺼운 종이에 실제 건반과 같은 크기로 그려진 그림이
부록으로 딸려 왔다. 엄마는 어디선가 구해온 기다란
나무판 위에 종이 건반을 정성스레 붙여주었고, 나는 나의
첫 피아노 위에 손을 올리고는 꼬물꼬물 '도레-도레-도',
'도레미-도레미-도'를 연습했다.
그렇게 1년쯤 지났을까, 집에 진짜 피아노가 들어왔다.
집에서 피아노를 칠 수 있다니 얼마나 신이 났는지.
내가 피아노를 칠 때마다 엄마는 옆에서 춤을 추었다.
"엄마 뭐해?" 물으면 엄마는 늘 흥겹게 대답했다.
"네가 피아노를 치면 춤이 절로 나오더라." 내가 노래를
반주할 수 있을 정도로 실력이 늘자, 엄마는 이제 옆에서
노래를 불렀다. 단단하고 둥근 알토 목소리를 가진 엄마는
악보도 잘 읽고 노래도 잘했다. 그때까지만 해도 나는 모든
어른은 당연히 악보를 읽을 줄 안다고 생각했다. 훗날
굵은 베이스 목소리로 노래하던 아빠가 "난 그냥 콩나물이
올라가면 소리를 높이고 내려가면 소리를 내려"라고
고백하기 전까지는.

엄마는 내가 피아노 치는 것을 그렇게 좋아했으면서도,
막상 음악을 전공하고 싶다고 말하자 반대하셨다. 음악은
특별한 사람들이 하는 것이니 남들처럼 일반적인 공부를

하는 편이 낫겠다고. 어쩌면 엄마의 말이 맞았는지도
모른다. 엄마에게 음악 공부의 끝은 성공한 연주자가
되는 것이므로, 그렇게 가능성이 희박한 어려운 길로
딸을 내몰 수는 없으니 단념시켜야 한다고 생각했을
것이다. 하지만 음악에 꽂힌 철없는 딸이 그 말을
들을 리가 있나. 결국 내가 대학 입시를 준비하는 동안
엄마는 항상 뒤에서 묵묵히 나를 기다려줄 수밖에
없었다.

말 안 듣는 딸은 자라서 음악 선생이 되었다. 엄마가
예상한 대로 화려한 무대 연주자와는 별로 가깝지 않은,
그보다는 모든 사람이 음악을 배우는 세상을 꿈꾸며
골몰하는 음악 선생이 되었다. 하지만 엄마가 틀린 것도
있다. 음악을 공부하는 사람이 모두 세계적인 연주가가
되어야 하는 것은 아니다. 엄마와 아빠가 그랬듯, 음악은
그저 일상에서 즐기는 것만으로도 충분하니까.

음악을 배운 지 40년이 되었다. 오래 배웠지만 아직도
갈 길이 멀다. 느림보였던 학생은 선생이 되어서도
끝없이 배운다. 아마 죽는 순간에도 '이렇게 마지막
숨을 내뱉는구나, 진정한 스모르찬도, 음악의 끝.
내 생은 이렇게 소멸하는군'이라고 중얼거릴 것만 같은,
평생 배우는 삶.

오늘은 오늘의 하루를 살았고, 오늘도 오늘의 음악을
배웠다. 이렇게 일상을 변주하며 나를 연습한다. 변주에는
끝이 없으니까. 그렇죠, 베토벤 선생님?

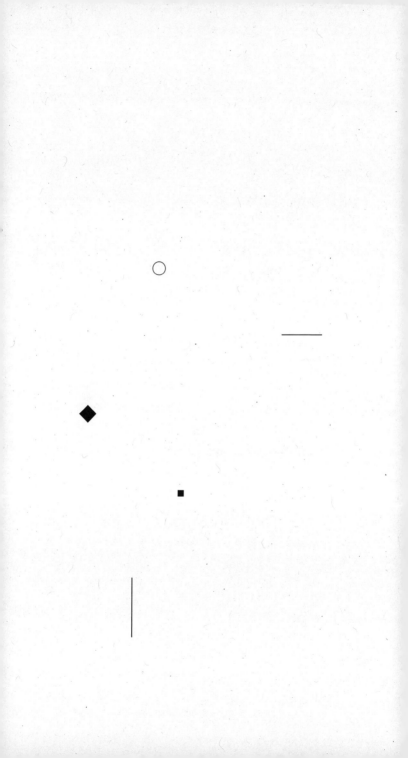

● 음악의 언어
: 흐르는 시간에서 음표를 건져 올리는 법

1판 1쇄 펴냄 2021년 1월 31일
1판 8쇄 펴냄 2024년 9월 20일

지은이 송은혜
편집 최선혜
디자인 이기준
인쇄·제책 세걸음

펴낸이 최선혜
펴낸곳 시간의흐름
출판등록 제2017-000066호
주소 서울시 마포구 토정로 33
Email deltatime.co@gmail.com

ISBN 979-11-90999-04-5 (03670)